我是出租陪葬師

I AM A FUNERAL DIRECTOR FOR HIRE

西樓月如鈎

我是
出租陪葬師

contents

序章

是這樣的，我出租陪葬的服務。

陪葬的服務，包括為你完成遺願，還有 24 小時全天候的陪伴，直到下葬。

正確點來說，出租服務是一個幌子，我是為自己尋找合適的死法。

我的人生只有一個目標，就是死去。

原因……且容我娓娓道來，首先要從我的童年開始講起。

我的家庭在舊區經營一間紙紮店。

從小到大，當別的小孩在玩迪卡奧特曼、數碼寶貝機或者芭比時，我是玩哥斯拉大戰紙紮公仔；別人用玩具屋玩扮家家酒，我則直接用紙紮大屋、萬億元冥通紙幣玩大富翁。

當然，隨著時代和科技的進步，iPhone、iPad、SK-II 我也擁有，儘管只是紙造的。

我們家一款產品特別暢銷，就是三隻紙紮人偶加一張麻將桌。

「媽媽，為什麼只有三個人？」

「因為一個位子是留給先人。」

「為什麼要燒三個人下去？」

「這樣那個先人就有人陪，不怕寂寞。」

我不明白為什麼會有紙紮公仔的出現，後來發現，人是非常害怕孤獨一人，因為人類忍受不了寂寞……即使死後。

「怪小孩。」

這是別人對我的評價。

我倒不覺得自己有什麼怪，我跟別人一樣會吃飯、睡覺、上廁所，與普通人無分別。

唯一不同，大概是我在〈我的志願〉寫下：「長睡不醒」。

還有我時時刻刻都會穿長衫長褲、戴手套，總之就是把自己包得像有一層保護罩般。

事出必有因，我有一個奇怪的家族遺傳病。

從小家人的教導就是，我絕對不能碰到別人，**特別是屍體**。

「特別是你愛的人，更加不能。」父親特別叮囑我。

直到十歲的時候，我終於明白自己罹患了什麼樣的怪病。

那天，天色灰灰沉沉，陰霾蔽天。

外公安安靜靜地躺在床上，一動也不動。

「外公過世了。」媽媽鼻音略重地說。

「什麼是過世？」年紀尚小的我，不明白地問。

「就是不在人間。」

「怎會呢，外公還睜著眼睛啊！」我指著外公說，雖然他沒有眨過眼。

「現在會合上啦。」

媽媽輕柔地往外公的臉上一掃，外公終於瞑目。

圍在床邊的眾人都不禁流下眼淚。

「重新打開不就好了。」我用戴著手套的手撥開外公的眼皮，外公馬上又「活過來」。

結果我差點被媽媽吊起來鞭打。

不知死為何物的我，當時也大概明白了，人是非常忌諱死。

他們忌諱得，彷彿死亡並不存在，害怕得連「死」或近音的「四」也不能講。

生前沒有人會積極準備自己的喪禮，因為這是不吉利的。

當時的我，卻非常羨慕死去的人能「睡覺」。

對我來說，張開眼睛去上學、讀書、交朋友、找工作都是些令人疲倦的事，每天重複做這些事，卻毫無原因，只是人家要求我做。

人到底為什麼要活著呢？又是誰把我帶到這個世界？

為什麼要逼我活著？

我只想睡覺，不願再醒過來。

童年的我，滿腦子都是這些思想。

這大概就是別人說我有一點點古怪的地方。

到了晚上，大風呼嘯，冷得家裡養的貓都瑟縮在被窩裡，喵喵地叫。

我怕外公會著涼，就帶著自己的被子，來到他的「床」前。

「外公真壞，自己獨佔這麼有型的床，跟我睡的完全不一樣。」我爬進他的「床」說。

當然，那時候我不知道，那種只能睡一次的床，叫作棺材。

他的「床」裡，有一隻紙紮的小貓，是媽媽親手紮的。

「一起睡覺嘍，這樣就不會冷。」我說。

從小到大被人逼戴手套的我，那天睡覺時，我把它脫下。

結果輾轉反側的我，就這樣死去。

死，就是全身突然麻痺，失去控制力氣的感覺，身體每一個細胞、毛髮和組織都跟我脫離關係，像從高空失重一直墜下又無力回天。

當時的我，只能隱約聽到、感到母親抱著我的屍體痛哭，大喊著我的名字。只是我無法動彈，體溫一點一點地流失。

我感覺身體輕盈地……不斷往下沉、再下沉……

那時我明白，為什麼從小到大我都被禁止與人接觸。

原來所謂奇怪的家族遺傳病就是……

每當觸碰到某個人時，我的死亡時間便會隨即與他同步。

再次張開眼之際，我已經拖著阿公皺紋滿佈的手，他慈祥地笑著。

「六雲，怎麼你也死了？」

四周漆黑無光，眼前只有一道盡頭深埋在黑暗的橋，旁邊豎立一盞盞日本的神社紅燈籠。細看之下，有一片片櫻花飄落橋上。澎湃的水流聲從橋下傳出，橋下似乎就是急湧的河水。

橋的開端有一塊白色大石寫著：「渡命橋，又叫生命橋。」

「過了那座橋後，人就是真正的死去，離開人間。」外公在橋頭，拿起印有他的名字的燈籠。

「真的嗎？」

我終於可以睡覺了？

我終於可以睡覺了！

呃？

「多謝。」
「不要忘記我！」
「你這個殺人兇手！」

犯了禁忌的我，本來應該死掉的，是徹徹底底地死了。

可是記憶來到這裡，錯亂不堪，有被人竄改的感覺。

不知怎地，我醒了。

當我醒來後，我發現自己睡在家裡的床上，手上卻多了一條不知名的手環。

「媽，我復活了？」

我去問媽媽，媽媽只是說我發什麼神經。

「妳不是抱著我的屍體在哭嗎？」

她疑惑地盯著我，用手背摸一摸我的額頭問：「你是不是發燒了？」

我肯定我不是在作夢。

「爸爸呢？」

媽媽面色一沉，聲音抖顫地說：「不要再提那個賤人。」

賤人？

「小雲，來跟外公下棋吧。」

我的房門被打開，只見原本已死去的外公，一手拿著棋盤、微笑地看著我。

我全身毛骨悚然。

從死裡復活後，我的世界改變了。

為什麼這樣，至今我還未解開謎團。

唯一肯定的是，從那天起，我已經變成世上最奇怪的人，同時也發現兩個秘密。

第一，非常荒謬的是，每當觸碰到某個人時，我的死亡時間便會隨即與那個人同步。

第二，更荒謬的是……原來我死不了。

每次死去，我都會復活重生。

醫學上，有一種現象叫**拉撒路症候群**（Lazarus syndrome），就是一個死人能無緣無故地再次復活，偶有送到殮房又自己爬起床的案例，奇怪萬分。

但拉撒路症候群的人，大多都先經歷過心肺復甦，我根本什麼也沒有經歷過就活過來。

是死法不對。

我只有一個願望，尋找到對的死法，讓我能真正死去。

為此，我創立了一個職業。

出租陪葬師，陪伴客人死亡。

你問我有沒有客人？

客人多的是，因為想找人陪伴自己走人生最後一程的人其實多的是。

上門的客人，大多是將死之人。

譬如說，今天這個女生。

※　※　※

她是一個穿白色長裙的女生，有一頭烏黑柔亮的秀髮、白皙如雪的肌膚、標緻動人的五官，一副乖乖女的樣子。

她就站在我的店前，不肯定地問：

「請問你就是 IG 上……那個出租的……崔六雲先生？」

「嗯，我出租陪葬。」

她說，她叫徐藺君，是一個 17 歲的少女。

徐薾君篇

徐藾君是一個無可挑剔的好學生，校內獲獎無數，品學兼優的學生領袖，深得老師和同學歡心，是一顆閃耀的明日之星。

家庭背景良好，而且長相可愛，人緣極佳。

在許多人眼中，她人生的開局不錯，順利通暢。

對上天來說，或許她是被嫉妒的對象，因為她康復的機會近乎零。

對我來說，或許她是**「對的死法」**。

「是從我中學開始發現的。」她幽幽地道。

每當做運動時，她總是容易感到頭暈。運動會時，她也曾在百米比賽後喘不過氣來，不過當時不以為意，只認為是身子虛弱的問題。

直到情況加劇，她全身都會骨痛，而且腹腔痛得入院。

檢查後，發現是脾臟發生血栓，組織壞死。

經過一系列的診斷，醫生驗出，她患有鐮刀型紅血球疾病。

鐮刀型紅血球疾病起因為基因變異。血紅素 b 蛋白的第六個胺基酸被代換，導致紅血球中的載氧血紅蛋白在低氧和酸性的環境下出現異常，把紅血球撐成鐮刀型。

紅血球變成鐮刀型，會比起一般正常的紅血球更容易塞住血管，造成血管堵塞，當細胞無法獲取氧氣，身體的組織便容易壞死。

當血栓出現在身體各處器官造成缺氧，長久下來累積的傷害會造成多重器官衰竭。

而她來找我的時候，脾臟已血栓多次，幾乎壞死得不可挽救。

「不用擔心，妳會平安康復。」

母親總是充滿正能量，在身邊時時刻刻鼓勵她。

她也是這樣告訴自己，要存有希望，凡事都有可能。

說到這裡，她就從袋中拿出一大盒藥丸，裡面裝滿不同形狀和顏色的藥，藥包上都寫有不同的數字。

她尷尬地笑說：「母親給我的，她遍尋不同的中醫、偏方和保健食品，說我吃了會好，一定會康復。」

她光是吃藥已經花了十分鐘。

看著她吃藥，我在思考……器官衰竭也是一個我未試過的新死法。

可以一試。

打開我的筆記本，就加上器官衰竭這一項。

簽訂合約後，我便脫下手套跟她握手，就代表正式接納委託。

「我們的死亡時間已經同步，我會陪伴妳直到生命的最後一秒。」

她深深地舒了一口氣，笑容頓展，只是帶一點疲憊的感覺。

人就是那麼的奇怪，當有人陪伴自己的時候，便會產生安全感，心安理得。

如果沒有這種心態，我就要失業了。

「所以，我是不是有遺願可以請你幫忙？」

「嗯。可以。」我最討厭這個環節。

「我有一個遺願。我想……入葬前……你幫我對一個人說出自己的心意。」

「表白？」我問。

我只能說，非常無聊。

我也沒有預期是什麼有趣的事，反正將死的人，總離不開想做某幾項事情。

人生，本來就沒有什麼趣味。

「我想嘗試約會一次……在死之前。」

「可是，妳也需要我幫妳表白？」

現在的年輕人動輒就有數十次戀愛的經驗，我哪能追得上，更不用說一個可愛的女生。

「我沒有什麼戀愛經驗。」她尷尬地說。

家人對她的管教嚴厲，限制很多，從小到大，她都只能將全副精神放在學業上。

明天，她與一個男生有一場約會，是她暗戀的對象——樂仔，他們是同班同學。

她從中一開始，便開始留意這個人。

「誰會解這道問題？」老師在黑板抄寫好問題後，轉身問班上的同學。

樂仔總是第一個舉手。

「老師！」

「樂仔，你會？」

「我想去洗手間。」

他說的話永遠逗得全班大笑。

起初，徐蘅君對他沒有什麼好感，甚至有點反感，只覺得他是一個想受人矚目的男生。

樂仔專注在籃球，學業都跟不上，無論在休息時間還是中午都在打籃球，沒有自己的溫書時間。每當徐蘅君放學後，趕去補習時，就看見他一個人拿著籃球在球場上練習。

他不是特別帥，打籃球也不是特別有型，甚至糗事不少，球技也不算好。

她記得母親說過，這種人是最失敗的，沒有好成績的人擁抱不了好未來。

她要考上好大學，她不要像他一樣不務正業。

可是一次感冒，讓徐蘅君的考試失常，數學的分數只有八十九分。

那一天，她失魂落魄地拿著試卷回家。

「妳在哭什麼呢？」他抱著籃球，一副準備前往打球的模樣。

她沒有想過，在公園也會遇上同班同學。

「不關你事。」她擦擦眼淚說。

「哇！八十九分好高呀，我只有六十七分。」他探頭一望，便知曉她的分數。

「八十九分很低好不好！別把我跟你相提並論。」她不小心將怒氣發洩在他身上，馬上就後悔說：「對不起，我不是這個意思……」

「沒關係。」他只笑笑說，毫不介意她的失言。

「平常我不會這樣的……是因為……」

「在我眼中妳已經好厲害了，經常能長時間溫書。不過偶爾讓自己輕鬆一下啦，太緊張會影響實力的。」

※ ※ ※

他在褲袋翻了一翻，給她一粒糖。

「這個給妳，不要再哭了。」

「那你呢，為什麼不溫書，只顧著打籃球。」

「我想當職業籃球員呀，可是我球技太差，所以每天都要練習。」

「為什麼想當職業籃球員？」

「因為那是我父親的夢想。」

「你父親很嚴厲嗎？」

樂仔苦笑說：「我已經很久沒有見到他了。」

那一天他們聊了很久，她開始對這個男生改觀，漸漸覺得他是容易相處的，漸漸覺得他籃球雖然打得很爛，但卻無比努力，有一種令人喜悅的感覺，大概因為他笑容很好看的關係。

自此，無論是他打籃球的時候，還是在走廊經過的時候，她都會被他吸引。

但由於家人禁止的關係，她不能在中學時期談戀愛，一直都沒有再進一步。

「從小到大，家人都為我安排好一切，我什麼都不能自己控制。人生只有讀書、讀書和讀書。我知道自己剩下的日子不多，因此這一次，我想憑自己的意願去試一次。」

她放了一張紙條在他的抽屜。

「你的笑容是我見過，最燦爛的陽光。」

這好像不是本世紀的表白方式。

WhatsApp、Snapchat 或是電話……

何況，戀愛的經驗，如果她找我，真是找錯人了。

我連什麼叫戀愛都不知道。

我說：「我只知道男生都是視覺系動物，所以穿得漂亮一點應該沒有錯。」

「嗯……嗯……」她拿起一本無印良品 A5 植林木橫線的筆記簿出來記錄。

她果然是一個好學生。

「所以第一步，我應該去買衣服？那你可以陪我逛街挑衣服嗎？」

「當然可以。」陪伴臨終的客人做任何事，這是我的工作。

忘了是誰跟我說，買衣服最重要的不是它有多貴、是不是名牌，而是它有多合適自己、展現自己的氣質。

例如一個婆婆不適合穿迷你短裙，而青春少女該穿的是能展現自己青春氣息的衣服。

她拉著我逛了大大小小的商場，只有兩件事做。

就是買、買、買和試、試、試。

這段用電腦的 1 和 0 代入去表示，大概是

0101001010011000101010101010001010111000101010101
0101010101010101010101010101010101000010101011111010101
0010101010101010101010101010100101010101

所以整個行程，基本上只有三句對白。

「這件好看嗎？」

「我覺得可以。」

「我覺得不行。」

我對逛街沒有什麼興趣，不明白漫無目的地和無數人走在街上，到底哪裡有趣味。

不過她樂在其中，無論是看著櫥窗裡的物品，還是試穿不同的衣服。

大概這是我不明白的樂趣。

經過一輪血拼後，她成功買到約會當天的衣服。

再來就是染髮、美甲、修眉、化妝，花了一大輪時間，終於準備好，她變成一個舉手投足都引人注意的女神。

「不知道他喜不喜歡呢？」她望著自己一身打扮問。

「除非他不喜歡女人。」我真心地說。

女為悅己者容，看到她這樣努力地打扮自己，就不禁想，到底用心為愛人打扮是什麼樣的滋味？

不曉得。

每一段關係，都有終結的一日。任何關係都會被死亡斬斷，或是敵不過所謂的新鮮感。

既然如此，為何要開始？又要努力經營呢？為什麼明知自己將死，還要為愛人打扮一番？

「可是，約會時要準備什麼？該說什麼，又不該說什麼？」她問。

我們進了一家日本餐廳，從坐下開始，她就幫我倒茶、擦餐具，談吐、吃相都像極一個小賢妻。她算是我見過最有家教和禮貌的人。

她拿起一盤軟糖說：「我想吃葡萄口味的。」她嘴巴這樣說，卻挑了一顆草莓口味的來吃。

「99% 男生不會相信女生所說的『無所謂，我吃什麼都可以。』」

她們口中的無所謂，含意其實是：「我不想用腦／我不想開口說我想吃什麼／我根本不曉得自己想吃什麼，但麻煩你要在千百萬樣食品中猜猜看。」

「我個人覺得，有時給予一點意見也不錯，不要覺得約會都是應該由男生去準備。」

「喔喔，原來是這樣……」她認真地用筆記簿記下一切。

「至於吃飯時的儀容和禮貌，妳比我還好，這個不用說。」

「關於話題……男生有沒有什麼感興趣的話題？」

「只要讓他說自己想講的話就好了，偶爾加點自己的意見、給點回應，他就會覺得妳是個很好聊的人。」

「原來如此。」她停下抄寫，皓齒輕輕地咬著筆頭。

「做回自己就可以……換我問妳問題了。」

「什麼？」

「妳想要怎樣的棺材？」

※　※　※

身後的喪禮，從來都少人在生前重視。

大多數人不是認為死是禁忌，不應該提，就是覺得自己時候未到，或是覺得這是後人的責任。

但一個帶有死者意願的喪禮是最好不過的了。

一般來說，每個地方殯葬禮俗架構都不同，但大約也可分為病篤、初終、大殮、開弔、發引、下葬、守孝與祭祀、忌辰與祭祀等。

買棺材只是其中一步。

而棺材又大致可分為三種：

中式棺木，多以杉木、楠木為主，一般只用作土葬，價值不菲的棺木，可以讓棺內的屍體完全腐化，但外面的棺木不朽。

現代大多火葬，以西式棺木為主，有什木箱及柚木箱，也有較為高級的橡木、銅棺或用楠木製的西式棺，多會雕上花紋圖案，外型上比較華麗。

現在注重環保，多了一種叫環保棺，即紙棺材，用蜂巢紙製，減少了火化時間及節省一些能源，亦減少了樹木的砍伐，適合環保新世代。

「環保吧……我只想一切從簡。」

了解她的意願、替她訂製棺材、安排好一些身後的細節後，就已經來到第二天早上。

清晨時分，我來到他們約會的地點。徐藹君堅持我要陪她來，說我在一旁看著會有一點安全感。在我看來，這只是偷窺。

有一個男生，戴著棒球帽、一身運動裝、皮膚黝黑古銅，看起來就是一個陽光少年。

「就是他？」我問。

「嗯……」

「妳準備好了？」

「不如……我們走吧。」

「才剛到，這樣就走？」

「我……」

他的餘光瞄到我們，看來有點詫異，然後朝我們走來。

「他來了。」

「我看起來怎樣？」徐藹君緊張地拉扯衣尾，撥一撥瀏海，然後問道。

「……100 分。」

「可否跟我說一聲加油。」

「嗯，加油。」

「哼，冷淡鬼。」她瞪了我一眼。

「沒有什麼大問題啦。」

我蹓躂到旁邊的椅子，在那裡觀察他們。

「徐藹君，妳來了啦？」那個男生笑著問。

「對不起，我遲到了。」

「不要緊，剛才是……？」

「我一個……朋友而已。」

說罷，他們便出發，正式開始今天的約會。

一路上，從吃飯到看電影再到逛街，他們都有說有笑，氣氛非常良好，看來策略成功。

之後來到一座大型商場，他們首先去室內遊樂場，玩遍裡面所有的遊戲，當然包括籃球機和夾娃娃機。

「我會贏你。」她自豪地抱著籃球說。

「才不，我才會。」他是打慣籃球的人，怎會落敗呢？

「那就來比一場啊！」她挑釁地道。

「怕妳？」他接受她的挑戰。

他們一番激烈地比拚，瘋狂地搶球射球，精采萬分，他以幾球之差勝出了。

玩完遊戲後，她面紅耳赤地說：「好……厲害。」

「妳沒事吧……？臉色有點不對勁……」

「只是太激烈而已。」

看她的臉色果真有點不對，呼吸急促。

「妳發燒嗎？」

「我沒事啦……」她從袋中拿出藥，倒出，吞下，「只是哮喘發作而已。」

「要看醫生嗎？」

「不用……小事，等一會兒就沒事了。」

「不要太勉強自己。」他憂心忡忡地道。

只是過了一會，大概是玩完夾娃娃機後，她忍不住衝到廁所。看見這個境況，我也尾隨入女廁，剛打開門，她已在洗手盆上嘔吐。

「妳沒事吧？」

她擦乾淨嘴巴後問：「你怎麼進來了？」

「我來看妳死了沒有。」

她苦笑道：「如果我死掉，你也會知道的呀。」

說得沒錯，我也會跟隨妳一起死去。

這個時候，她的手機不斷響起，是她的母親打來。

徐藹君的家規非常嚴厲，不但限制出門次數，而且還有門禁。

「先回去？」我問。

「我能撐著。」關上手機，她深深吸一口氣，堅定地說：「我想……給他一個美好的回憶。」

她對著鏡中的自己微笑，再吸一口氣後就出去繼續約會。

我實在不理解，為何要勉強自己？

「妳沒事嗎？」樂仔問。

「沒事。我們走吧。」她假裝沒有事般，拉著他的衣角。

之後玩樂也沒有什麼大問題，直到晚上時分，他們去到中環摩天輪觀看維港的夜色。

徐藹君應該會在摩天輪上表白，這是原定的劇本。

等了大概十分鐘左右，摩天輪回到地面。一打開車廂門，只見徐藹君流著眼淚衝出來，一個勁地跑走。

留下他一人。

我急忙追趕上去，她的步速有點快，像一頭牛橫衝直撞，紅綠燈也全不理會。

「砰！」

一輛車在她面前剎停，司機伸頭至車窗外，厲聲大罵：「妳是沒長眼睛喔！走路不看路啊？找死喔！」

「妳沒事吧？看不見紅燈嗎？」

我及時追上，她咬著唇，跪在地上，搖頭揮手。

「我……看不見……」

她又開始喘不過氣，隔了十分鐘才回復正常。

「如果妳不開心……」

她仍是搖搖頭說：「沒有呀。」

她深吸一口氣說：「沒關係，我願望已經實現了。我馬上會回復心情，不用擔心我。」

「真的？」

「嗯……」

「失敗了嗎？」

「不是……」

「那麼是成功？」

「也……不是……」

「到底是怎樣？」

「我沒有告白。」

「為什麼？」

她沒有回答。

我只好陪著她回家，一路上她都默不作聲，我也不好說什麼。

送至門前，門鈴剛響，門驟然打開，是她的父母，急忙一手拉著徐薾君驚呼：「妳到哪裡去！？現在幾點了！過了吃藥的時間！妳不顧身體了嗎？」

空氣半刻間仍響著罵聲，她母親這時才驚覺我的存在。

「你是誰？」

「我是陪葬師，妳女兒的陪葬師。」

徐太嘲笑一聲說：「什麼陪葬師，從未聽過的東西，而且我的女兒根本不會死，她會康復無事！」

「不，妳女兒會死，不會康復。」

「你說什麼！？」

「她會死，她不會康復。」我還是直說。

她母親露出想殺人的目光，轉頭對徐薾君說：「快去吃藥！今天我從王醫師那裡又多拿了三包藥……」

「夠了……真的夠了。」忽然，徐藹君拿出袋中一包一包的藥，憤然甩往地上，五顏六色的藥丸散落遍地：「也應該接受現實了……好不好……」

徐太太跟徐先生呆愣住，似乎沒有意料到女兒會做出如此的舉動。

據我的經驗，面對死亡時，病者的家人總容易說出滿是希望和鼓勵的話，安慰病者會一切順利，可是聽在病人的耳裡，特別是知道自己無生存希望的人，其實比髒話更難受、更刺心。

其實他們要的不是假希望。

「可不可以……讓我靜一靜……」她蹲下流著淚說。

我離開他們家後，隨即就接到徐藹君的電話。

「剛才抱歉……」她的鼻音略重。

「沒關係。」

「其實……在摩天輪上，我有跟他告白。」

「然後呢？」

※ ※ ※

她把剛才發生的事，娓娓道來。

當徐藹君他們進入車廂後，便陷入尷尬的死寂。

「我的……」「你……」二人同時發聲。

「妳先說。」

「不，你先。」

「妳不喜歡看維港風景嗎？」

「不會呀。」

「我看妳好像沒有什麼興趣。」

「不是……」

「什麼？」

她緊張得不斷地揉手心。

「那妳喜歡看什麼？」「你。」

她攻其不備地秒回。

「什……麼？」

「從中一起就是……我一直喜歡看你打籃球。一開始，覺得你打籃球的樣子很笨很傻，而且經常耍帥卻沒進球，好滑稽……好好笑；也不喜歡你，因為你經常想成為焦點。」

她由原來說得吞吞吐吐，開始講得順暢。

「但後來那一天放學，你鼓勵了我，之後我目睹你一個人在球場苦練球技，就算下雨也是。我就覺得，你真心喜愛一樣事物，投入去做的精神，很……有型。你的笑容，也不知什麼時候，從好笑，變為好帥……好好看。」

「謝謝……」

樂仔的臉上漸露喜色。

「那個……我知道你喜歡手工藝品……」

她送上的是一幅小拼畫，用一粒粒不同的、寫有數字的色珠，拼成一個小男生灌籃的圖案。

「謝謝……」他小心翼翼地接下。

「我喜歡看你打籃球……所以你要加油！」

「下個月，我會打學界比賽……妳也一起來看吧！」

他想伸手握她的手時，她有點錯愕，然後縮開。

她沒有想過他會接受她，從來沒有預想過這個可能性。

「對不起……只是……我不能……」

「為什麼？」

「我不能……」

「沒關係呀，等妳可以來時再看吧，明年——」

「不可能……」

「是不是其實妳不喜歡我？如果妳不喜歡我，為什麼要告白？耍我嗎？」

摩天輪到站。

她急步疾走，只留下一臉茫然的他。

她望著街上暗黃的街燈，有一隻燈蛾飛撲其中。

「今天的約會是一場錯誤。」

我是不太懂這些情感。

這時應該說些什麼？

話筒裡傳來的是她強忍淚水的啜泣聲：「你知道嗎……我好想回應他：『好呀！我會去看你的球賽！好呀！我會在你身邊打氣！』我好想對他說：『我喜歡你，我們在一起吧！』可是我不能……」

「崔先生……為什麼是我？為什麼偏偏是我……為什麼要選中我？……明明我從小到大都很乖……很聽話，從沒做過什麼壞事……又很年輕，很多事情都沒試過……為什麼是我有病……」

街邊整晚迴盪著淒淒的啜泣聲。

「其實……我不想死……不想死……」

這句話，響徹在我的腦海一整晚，久久不散。

※ ※ ※

「崔六雲，你知不知道人為什麼要長睡？」

她是我幼稚園的同學，叫小衣。

那個年紀的我們，不知道什麼是死，只知道死去的人會長睡不醒。

我們去問陳老師，陳老師說：「每天都有新的寶寶出生，如果人人都不死，地球先生就沒有位置了。」

原來，人的死亡，是為了下一代能在這個地球生活？

不生育不就行了嗎，為什麼要生下我們，人為什麼要出生？

我對小衣說，其實我好希望自己能長睡。

因為這一句，小衣幾天沒跟我說話。

那天後，徐藹君的病情急轉直下。

我在醫院二十四小時，全天候陪在她身邊。

她父母親對我的態度有所轉變，大概也希望有人照顧他們的女兒。

今天待她診療時，我打算去餐廳吃個午飯，在某道走廊轉角時，忽然一個蛋糕迎面飛撲而來。

「生日快樂！」

一隻雪白的纖手把蛋糕的奶油抹勻我的臉。

嫩幼的女孩聲音興奮地說：「呵呵，surprise ！李國明！開心嗎？」

我抹開眼上的奶油，勉強張開眼，終於見到眼前是一個女生，穿藍色外套、白色長裙，身高大概是 168 左右，清眸流盼、笑容似陽光燦爛。

但笑得甜美不等於我的外套沒有沾上奶油。

「我不是今天生日，也不是叫李國明。」我說。

她遲疑兩秒後說：「怎會呢，明明就是黑色眼鏡、白色書包。」

她的朋友趕到後，不斷向我道歉和解釋。大概意思是，迷糊的她又搞錯對象，是白色眼鏡、黑色書包的人才是李國明。

「不好意思呀……你的外套給我吧，洗乾淨後還給你。」

當我們互相抄下對方的聯絡方法時，不知為何，有一種不好的預感出現，大概覺得，和這個女生扯上關係會惹出很多麻煩。「洗好了就打給你吧。」

「喂，醫院裡面不能亂玩食物！」兇惡的護士姐姐殺到，他們大叫不好，急忙撤退。

我瞄一眼紙條，上面寫著一組電話號碼，還有……董喬伊。

董喬伊。

「怎麼無精打采呢？」回到房間，我問徐藹君。

她的時間不多了。

「沒有胃口……」她躺在床上問：「崔先生，你現在會不會痛？」

「不會痛。」

我們只有死亡時間和死因是相同的。

「真好……」

大多將死的病者，當下最希望減輕生理上的痛。

我望一望窗邊說：「妳記不記得，妳最後一個願望是什麼？」

「記得，我說過……我想看彩虹。」

「剛剛下過雨，我們一起出去看吧。」

「這大概不可能了，我知道看不到。這是我最無理的要求，對不起。」

「今天天氣很好，來吧。」

我們來到醫院的花園，花園有一池綠綠的湖水，映照著剛下完雨的天空。

「看吧。」

一道彩虹高掛在天上。

「漂不漂亮？」我問。

她苦笑說：「嗯……很漂亮。」

「看不到顏色也覺得漂亮？」

她張開口幾秒後問：「……你怎麼會知道？」

「是生病的關係？」

「可能吧……醫生也說過，也有可能是抗生素的關係。」

她的視力，漸漸變成全色盲，世界變得只有黑白。

「那麼妳是怎樣做那幅拼畫？」

「很簡單呀，首先在每一粒珠珠上面寫上數字，譬如紅色就是 1，橙色就是 2，黃色就是 3，如此類推……然後看著數字拼成就可以。」

這樣到底要拼到幾時？

那一幅畫，最少也有好幾百粒的色珠。

「妳一定花了很多時間。」

「沒關係。」

「但他誤會妳了。」

「這也沒關係，這是正常的。」

「妳是一個真心愛人的人。」

陽光照耀下，她的手有一點點溫暖。

「有時我在想，造物主是不是在造人時偷懶，為什麼我們身上有這麼多缺陷？」

我不知如何回答。

微風輕撫她的頭髮，雨後的陽光灑落在她身上。

「可不可以借你的肩膀睡一下。」她虛弱地說。

「嗯。」

她輕輕地靠過來，感覺她很脆弱。

這時，她的手機響起。

「喂？」

由於我們太接近的關係，我也能聽到電話另一邊的聲音。

「對不起，那一天我有點失禮，我不應該逼妳，真的抱歉。」

「不要緊。」

「其實……我也有一個秘密想告訴妳。」

「嗯？」

「我喜歡妳。」

「……」

「如果妳沒有空來看球賽也無所謂，等妳有空時，我們一起去看電影好不好？」

「嗯……好呀。」

「妳在哭嗎？」

「不是……我有點感冒。」

「下個星期一，妳有沒有空？我們先去西貢玩，然後去看電影好嗎？」

「嗯……好呀……樂仔……」

「嗯？」

「沒事……到時我再告訴你……」

「好，到時見。」

「到時見。」

電話掛掉後，她的頭輕放我的肩膀。

「崔先生。」

「嗯？」

「你覺得我撐得到星期一嗎？」

我不敢作任何回應。

「我……還是不想死。」

星期日，徐藺君器官衰竭而死，離開人世。

徐藺君的喪禮是以仿畢業典禮的形式進行，參加的同學，穿著畢業袍，列隊唱畢業歌送別。

歌班當中有一個人哭得特別厲害。

大概因為喪禮上，有播放徐藺君自彈自唱的一個小片段。

因為你會替我高興，偶爾會為我哭泣

因為你從來不假裝，因為你擁有真心

因為你是真的關心，不是客套的回應

我喜歡你，沒什麼特別的原因

※ ※ ※

這些我都不是親身經歷，是後來喪禮統籌師阿文轉告我的，他專門幫人設計個人化的喪禮。

那時，我早與徐藺君同葬一起，這是協定好的。她死去的同時，我也閉目。

遺憾地，器官衰竭這個死法仍是不對，代表我還未能死去。

因為渡命橋上沒有我名字的燈籠。

「崔先生，你還沒回答我的問題。」徐藺君在橋頭，拿著燈籠問。

「什麼問題？」

「為什麼你會想死？」

「我反倒想問，為什麼妳會想活？」

「因為……可以跟喜歡的人看電影。」

「我不喜歡看電影。」

她微微一笑。

「我羨慕你，你卻羨慕我，哪有人會求死的。」

雖然，我知道自己將要回去，但我覺得她比我更像一個活著的人。

到底是為什麼？

櫻花緩緩地飄落在她的髮上，她笑說：「崔先生，謝謝你。」

「再見。」

「我只是利用妳，不用謝我。」

「呵。」

她不明白我，我不明白她。

她漸漸消失在黑暗中。

望著她的背影，我想起一個人的話。

死亡宛如誕生，都是隸屬生命。正如你走路需提起腳，也需放下腳。你是一個人來，也是一個人走。

我又光著身子回到人間，回到我的床上。

徐藹君所用的是火葬。

自古以來，動物的屍體都是塵歸塵，土歸土，將自己本來採之於自然的資源回歸大地。

唯獨人類的葬式千奇百怪，層出不窮，有著各種的考量或宗教意味，所以葬法有許多不同的選擇。

最常見的是土葬和火葬。土葬簡單而言就是入土為安，將屍體以原始或放入棺木的方法入葬。火葬則是將屍體燒成骨灰。除了以上兩種常見的葬法，也有水葬，就是將屍體直接投入河或海中，印度或佛教國家比較常見。

另外比較為人熟悉的是天葬，在天葬台解剖屍體，然後讓鷲鷹啄食亡者的屍骨。

有一種類似天葬但比較少人認識，叫樹葬。樹葬即是把屍體運到深山密林的大樹中，掛上，任由鳥類和野獸啄食，再收回屍骨。

這些都是以大自然的力量化解屍體的方式。

而奇特一點的，則有崖葬，將遺體或棺材安葬在懸崖峭壁上，其他還有煙火葬、太空葬等等，不過都市人選擇不多，還是以火葬最為常見。

我當然有自己想要的葬法，不過作為一個陪葬的人，這些都不是我能選擇，而是交由入葬者決定。

只是，無論怎樣的葬式，我還是回到這裡。

起床後，我第一個動作，就是到店鋪確認一下，一切都沒有被改變。

陳舊的紙紮小店，還是像當年一樣沒有改變。

但是，這一天，店鋪沒有人。

「喂，媽？妳……在哪裡？」

「出事了！」

「妳出了事？」

「不是呀！」她在電話的另一邊驚慌地說：「是你外婆出了事。」

外婆？去世一段時間的外婆？

我記得，正是她和外公的位置交換，變成她下葬。

「好像是有人盜墓，你外婆也受到牽連。」

外婆所葬的位置，附近是一戶有錢人家的山墳，算是大地主，因此當盜墓的人偷完有錢人家時，就順手把外婆的墳也搜挖一番。

本來極為憤怒的情緒，因為媽媽所說的一句，轉為腦海一片空白。

「詭異的是，不知怎地，你外婆的棺材內多了一具屍體。」

遺憾歉意篇

I AM A FUNERAL DIRECTOR FOR HIRE

「我想帶一份陪葬品下去，你這小子怎麼不肯幫我呢？」許叔說。

他是一個頭髮半白、臉色青黃，卻笑容滿面的人。他也是一名肝癌末期病人，餘下的壽命不長，目前長期住在醫院內。

「又不是很重，只是一個獎座而已，為什麼不行呢？來，最多我請你吃冰淇淋，你喜歡什麼口味？我只有一樣東西想帶到死後，拜託啦。」

「許叔，人死是什麼都帶不走的。」我嘗試向這位四十歲的中年大叔解釋。

許叔是朋友介紹的一個客人，第一次看見他，就是覺得他像一個老頑童，經常掛著笑容又愛開玩笑。

有精神活力而且正能量十足的病患，罕見至極。許叔算是其中的異類。

他從背包裡拿出一個金黃色的籃球獎座，有一點掉漆，但整體而言保存得挺不錯。

「就是這一個，把它帶給死後的我。」

「許叔，請你明白，人死後是拿不走任何東西的。」

我是快遞員嗎？不是。郵差嗎？也不是。

何況，誰能送東西給陰陽相隔的人呢？

許叔點點頭，咳了幾聲，望著我，一邊道：「我理解……」

你理解最好。

「我只是想帶一份陪葬品下去。」

你到底理解了什麼？

「許叔——」

「你不說話就當你答應，十九八……三二一，好！你答應我了！哈！」

我完全拿這個老頑童沒法，現在有點後悔接了這一宗生意。

可是肝癌末期這幾個大字實在太吸引人，是我沒試過的死法。

「許叔，為什麼你堅持想要這一個獎座？有什麼原因嗎？」

許叔這時卻欲言又止，我禁不住問：「許叔，你有事想說？」

「沒有……啊沒有……」

「真的嗎？」

他硬生生地把吐到嘴邊的話又吞回。

「沒事……」

夜晚，許叔又再次陷入昏迷，一度斷氣，幸好被救回。

我在想，這會不會是我最短的一次工作。

在守候期間，駐守的陳護士對我說：「先生。」

「是……」

「你是許叔的親人嗎？」

「也……不……」

「麻煩多來探望你父親啦。末期病人在身體上已經承受了很多痛苦，如果沒有家人的照顧和關懷，那就更痛苦。關心和愛能讓他們好過一點。」

「我不是……」我想一想，還是住口，好奇地問道：「許叔是沒有任何親人來探望他嗎？」

「朋友就不少……你自己作為親人，不是應該最清楚嗎？」她不屑地對我說。

「也是，謝謝妳。」

「多關心你爸爸呀！」

「是。」

因護士的一番話，又使我想起許叔的籃球獎座。

許叔的遺願基本上不太可能做到，現今之計，只好從他想把獎座帶走的原因下手。

物件之所以有意義，多數是因為人為它注入生命。

到底是誰送許叔這個獎座？

我查探一下後，發現許叔大多的親人早已不在人世，或是斷了聯絡。

他的父母於他大學畢業後，在一次旅行中離世。而本來的親戚關係聯繫不深厚，自然沒有什麼往來。

許叔是一個聰明人，工作能力強。畢業後在銀行幫人投資，攀升迅速。

之後結婚，但已經離婚。

換言之，他有一個前妻……還有一個兒子。

當我看見他兒子的照片時，整個人都愣住了。

※　※　※

現代科技資訊發達，信息流通，連帶你的個人資料也一同流通。

往好處想，你想找人或是起人底時，則變相地非常簡單容易。

與盧凱靈小姐相約見面的地點，是在香港仔的石排灣海旁，鄰近她工作的場地。

石排灣是香港最早開放的漁港之一，現在仍有不少漁船停泊於此。日落時，這裡的水面波光粼粼，舳艫與杆帆交織，形成一幅不規則的構圖，陽光穿灑縫中，景色優美宜人。

「你好。」

「妳好，盧小姐。」

「你說有些事，想詢問我一下？」盧小姐的笑容和藹可親，有種溫暖的感覺。

「是有關妳的外甥。」

「我外甥？」她遲疑半晌後問：「樂仔有什麼事？」

果然……是徐藹君的同學……樂仔。

「樂仔，他的父親是許whistle明，對吧？」

她面色一沉，笑容頓然不見，語氣冷淡地說：「是他叫你來找我們？」

「不是，是我擅作主張。他沒有這麼要求。」我說。

「請問，你是他的？」

「我是他的陪葬師。」

「陪葬師？」

「是，許仟明已餘下不多的壽命，他和我簽訂了合約，我會陪他走完人生最後一程。因此，這次來是請妳安排樂仔跟他爸爸見面，這大概是他的遺願。」

「即使這樣，我還是沒有辦法……樂仔是不會見他的，恕我不能答應你這個要求。」

「真的不行？他的爸爸餘下的性命已不多，如果樂仔不見他最後一面，樂仔應該會終生後悔。」

「不可能……」她低頭沉思一番後說：「樂仔……是不會原諒他的父親……」

「父子倆應該沒有隔夜仇吧？」

「樂仔……樂仔他一直好恨他的父親拋棄他們，怨恨他的父親跟母親離婚，最後害得他母親病死。」

看來這一趟是白走了。

※　※　※

在工作的期限內，我基本上就不會再有下班的概念，全時間陪在客人身邊，因此有時可以幾個月也不見家人，期間只能靠電話聯絡。

除非有突發的事件，逼得我一定要請假。

這天，我就向許叔請了一次外出假。因為非去不可。

在墳場擺上一束鮮花，深深地鞠了一個躬。

墓碑上的笑容似乎像昨日仍可見。

但他已死了許多年。

許多年……

「希望你喜歡這些鮮花。」

祭拜完後，順勢走到墓場的另一邊，深入山林中，在山頂附近。

看見母親後，她的第一句是：「又去見那個人嗎？」

「妳上次在外婆的棺材發現神秘屍體的事件……」

「外婆棺材內，她屍體的旁邊是一具小朋友的屍體。」

小朋友的屍體。

「到底是怎麼來一個小朋友，我想不明白。」她繼續說。

「妳又知道是小朋友？」

「感覺……那麼小，不是嗎？」

我觀察和評估一下之後，就說：「說得對，他應該是一個不足 11 歲、身高 152 的男生。」

這下子，輪到母親好奇問：「你又怎麼知道？」

從小到大，我都對屍體有一點興趣。以前讀書的時候，學過鑑定和檢查骸骨一點點皮毛知識，因此對屍體的了解也有一些。

會說那具屍體是小朋友，不是胡亂猜測的。

一、觀察那具骸骨，只有十多顆乳牙，年紀必定是 18 歲以下。

二、骨板沒有閉合，則很可能是一個孩童。

三、人不同部位的骨頭會在不同時間閉合。例如手肘的骨骺在 12 ～ 14 歲時閉合，髖部在 15 歲；肩膊在 18 ～ 20 歲。他手肘的骨還沒有閉合，應該在 12 歲以下。

四、屍體的股骨長度 38。量度身高，可以從骸骨的頭到腳，又可以把股骨的長度 × 2.26 + 66.38，就等同死者身高。

五、男性肱、橈和股骨多數較女性大。

「一個孩童……」

「你說，他到底是怎麼死的？」母親深呼吸一口氣問。

我想她心底應該最害怕——他是活生生的……

「我有些事不明白，需要拿這一具屍體化驗。」

不好的預感。

我有一種不好的預期，希望不是我所想的那樣。

※ ※ ※

香港慢慢也注重安寧照護，所謂的安寧照護就是為末期病人提供照顧和支援服務。

一個將死之人，面對的不單是身體生理的問題，還有情緒、心靈的，所以安寧照護的團體是醫生、護士、社工、心理學家、物理治療師、神父等等。

目前港九新界都有醫院設有安寧照護服務，許叔住的正是新界區其中的一間。

「今天身體如何？」

「精神不錯！幸好有你打點一切。」許叔仍是有活力地笑說。

好難想像一個笑容滿面的人，會幹出什麼壞事。

「這是我的分內事。」

「給你喝吧。」

每天的午餐都有一盒鮮奶，我曾經跟他提過自己喜歡喝鮮奶，他就每天都會留給我。

許叔的身體越來越差，基本上是隨時會死。

「今天！我帶你去一個好地方！」

「你身體不好還到處走？」

「沒辦法，我去慣了，不去身體不舒服。」他說。

他帶我來到一座鳥語花香的小公園，有清脆的鳥鳴聲，有陣陣百日花的香味，還有數個籃球場，不少人在這裡打球。

我們坐在公園的長椅上。

「這裡的空氣挺好，難怪你會帶我來。」

「當然啦！這地方不錯吧？」他左觀右望，好像在尋找什麼，但似乎一無所獲，然後失望地低頭。

「對了……你記得幫我帶。」

他唯獨沒有忘記過獎座的事。

「許叔，其實獎座是誰給你的？」

這個問題，好像觸動他心底最深處。

「是……我兒子。」

「沒聽過你有兒子。」我假裝不知道說：「原來你結過婚呀。」

其實這一次，我已經超出自己工作所需範圍不少。

我只是不想完成不了別人的遺願。

如果可以直接解決他的心結，我的麻煩事就會減少。

「喂！我這麼帥，年輕時有多少狂蜂浪蝶你不知道，結婚就當然啦。」許叔神氣地說。

「那麼他們現在怎樣呢？」

他眼神閃過一絲落寞，語氣低沉地說：「他們離開啦，大概一輩子都不會再見我。」

「你想再見到你兒子嗎？」

「他永遠也不會想再見我。」他幽幽地道，像一個小孩子得不到想要的東西。

有方法嗎？我也不知道。

「許叔，你到底幹了什麼？」

平日愛玩開笑的許叔消失不見，換成沉默憂鬱的許叔。

當我想再追問下去時，他忽然咳得不能自已，呼吸困難。

電視劇裡將死之人，都會口吐鮮血，大喝一聲，倒在地上以表達命不久矣，或是重傷的情況。

雖是誇張，但當看見許叔一口一口咳出鮮血，才知道肝癌的病人正會出現如此情況。

醫生說，這是因為硬化的肝臟不能在短時間內清除毒素，也不能製造適當的蛋白質、血凝素或血糖。

他的情況越來越嚴重，醫生對我說，要隨時做好心理準備。

我決定再一次去找盧凱靈。

※ ※ ※

D-K 是區內一間出名的髮型店。

接待我的是一個中年男人，體格高瘦，笑容很親切。

「第一次來？為什麼會選擇我們？對呀，近來的天氣真是熱死人……話說我老婆真的非常可愛，心地又好……」

在我進來的十多分鐘，他已經講了超過一千句話。

「頭髮分不分邊，分邊要跟我講，我再幫你找出位置。對啦，說起分邊，你知不知道人一生有多少根頭髮？ BTW 我老婆真的非常可愛，心地又好……」

從洗頭到剪頭髮都是同一個老闆。

「今天生意好了點嗎？網上的評論起作用沒有？」一道熟悉的聲音從門口傳來。

當我們會面那一刻，她吃了一驚。

「又是你？」

「Hello，盧小姐。」

「呃……老婆……你們認識啊？」

「當然認識。」盧凱靈放下包包後問：「這次是……」

「仍然有關許叔，當真沒有任何可能嗎？」

她嘆一口氣說：「沒有……樂仔是不會見他的……」

「只是一面。」

「真的不可能，你還是請回吧。」

「那⋯⋯我可不可以見樂仔一面？麻煩妳。」我鞠躬說。

沉默半晌，她終於說：「不要怪我沒有事先警告你，這是徒勞無功。」

樂仔和同學在籃球場上正在練習籃球，隊友傳給他一球，他一跳，射出一記漂亮的三分球。

比賽結束後，他終於看見我們，抹一抹汗走過來。

「樂仔，這是⋯⋯」

「我知道，徐藹君的陪葬師，是有關徐藹君的事嗎？」他說，提起徐藹君時雙眼有點發紅。

對不起，事情接二連三地發生。不過，生命好像就是這樣。

「原來你們認識，那麼慢慢聊吧。」盧凱靈慢步退出，讓出空間給我們。

「這次我不是為徐藹君來的，這次我是擔任另一個人的陪葬師，卻仍是與你有關。」

「喔？是誰？」

「你的父親。」

他呆愣半秒，才回過神來說：「喔……是他喔。」然後就拿起籃球，繼續往球框拋射。

「他應該想見你最後一面。」

「不用。」

「不會後悔嗎？他是你的父親。」

「在他拋棄我和我的母親時，又有想過他是我的父親嗎？現在才記起我？他有想過母親是思念他才相思成病嗎？沒有？他算什麼父親？」

他用力一射，球狠狠地撞到球框彈出幾公尺外。

「我是不會再見他的，你還是走吧。」

「那……我明天再來。」

※ ※ ※

之後幾天，我仍然每天如常到球場，坐在場外看樂仔打球，希望他回心轉意時，我就可以帶他去見許叔。

老實說，我也不知道自己在幹什麼，也不知道這個方法有沒有效，或是有多愚笨。

起初，樂仔假裝看不見我的存在，把我當成透明人，球隊訓練完了，就自己一個人離開。

有時，他在休息的時候，就對著徐藾君送給他的小拼畫發呆。

「想念她嗎？」我遞給他一瓶水。

他接過後說：「……謝謝……」有點遲疑地問：「你想……她過得很好嗎？」

「人死後的生活我不知道，但她走時是挺安詳的。因為明白了你的心意。」

「她……很喜歡我嗎？」

「當然，你以為這幅畫容易嗎？特別是，她已經看不見色彩時，仍然想把彩色的拼圖送給你。」

他流下眼淚說：「每個晚上，我都很想念她……好後悔沒有好好地跟她相處多一點……」

「徐藾君應該也希望你珍惜每一個人，經過這一次你不是該懂了這個道理嗎？把握和珍惜現在的人，才不會讓遺憾再度發生。」

他默然不說話。

我留下他一個人在球場上，因為那是他跟徐藹君的時間。

他對我的態度漸漸開始改變，從打球練習時當我是透明，多了可以跟我說說話。

「口渴嗎？」他遞給我一瓶水，笑著問：「剛才有看見我那一球嗎？」

「剛才的走位很精采。」

「多謝。」

「還是不願意去看你爸爸嗎？」

「他不是我爸爸。」

「你不是這樣想吧？你打籃球應該是受你父親影響吧？」

「……曾經吧……小時候他銀行的工作很忙，只有星期天放假，我們才有空到公園打籃球，他教會我一切的技巧，也是他鼓勵我去比賽……那段時光是最好的日子……曾經我以為他是一個好爸爸。」

我們之間多了對話，只不過他仍然不願意去見許叔。

「我還是原諒不了那個騙子。你知道嗎？我永遠無法忘記，他主動先離開我們，他先破壞這一個家庭，他粉碎這個家庭，害媽媽患病而死。」

「……」

「我也無法忘記，他狠心拋下我們的那天。」

「爸爸……你為什麼要走呀？是不是我做錯什麼？」樂仔滿臉淚水、緊張驚惶地抓住許叔的衣袖，像是抓到海中最後的一塊求生浮木。

許叔只回望一眼他的妻子，然後摸一摸樂仔的頭說：「乖，樂仔。你沒有錯，錯的是我。」

「不要走！我不想你走！樂仔以後會乖乖的！」樂仔還是死抓著不放。

「樂仔……」

「樂仔乖，這樣爸爸出不了門啦。」媽媽也加入說服樂仔。

「不要！」

「爸爸只是外出旅遊，過一陣子他就會回來啦。」媽媽捉著樂仔的小手，嘗試把它鬆開。

「真的嗎？」樂仔望向許叔，尋求肯定的答案。

許叔沒有回話。

「真的，到時候爸爸買一個大籃球回來給你。」

「我要我要！爸爸你要跟我到球場打球，不准再說你工作繁忙了。」

「嗯，當然，我會買一個大籃球回來，也會和你一起打籃球。」許叔「微笑」說。

「再見爸爸。」

「再見了。」

那天以後，許叔就沒有再踏進過家門。

他撒了一個謊。有的謊言，轉眼即忘。有的謊言，一生之久。

※ ※ ※

許叔的時間不多了。

他這兩天有三次送入加護病房，整個人瘦骨嶙峋，臉色暗綠稀紅，醫生說要做好隨時的準備。

這時的許叔，仍是開著玩笑說：「我花了一生減肥都失敗，想不到臨死前終於成功，帥嗎？」

「帥。」

「記得幫我帶獎座下去呀。」

「許叔……」

「嗯？」

「你是不是想見你的兒子？」

「才不呢，我早把他忘記了。」他說。

「說謊了吧，你經常去公園不是因為空閒，而是因為那是樂仔練習籃球的公園，對吧？」

「……他不會來啦，他媽媽死後，也不願意給我撫養。」

他嘴巴說得輕鬆，內心卻一定難受。

因為他望著獎座的眼神好落寞。

「當年為什麼會拋棄他們——」

「許伒明，有人來探望你。」護士在這時打斷我們的對話。

「謝謝你帶路。」那人說。

「不謝。」護士點點頭就離開。

「好久不見。」

來探病的人是盧凱靈。

「好久不見。」許叔也回答：「謝謝妳來探病，我沒有想過。」

「不用謝，身體還好嗎？」盧凱靈送上水果籃。

「那麼破費呀？好得很，強壯又健康。」

才不是呢。我用眼神對盧凱靈表示。

她問：「有什麼是我可以幫你完成的？」

「吃水果！妳買了那麼多，我怎吃得完？」他一邊說，一邊拿起水果刀切水果。

「樂仔……不來也可以嗎？」

「無所謂啦，我有負他們母子倆，他不來也很正常。」

「其實……辜負這個家庭的不是你……對吧？」

空氣在此刻凝固，許叔切水果的動作也停止了。

喔？

身為外人的我，聽到這個消息震驚不已。

「其實我早就知道，是我姊姊先出軌，當年是她跟她的上司發生感情……」

許叔默然不語。

「我知道……是因為我撞見她幾次與那個男人幽會。本來已預期你們會離婚，卻想不到，最終離婚的原因是說你拋棄他們。」

「……」

「到底為什麼要這樣做？」

許叔笑說：「我是男人嘛，再娶容易啦，只是女人名聲很重要。」

「是因為你太愛她吧？」

「妳也愛她，一直接受不了這個現實，也是因為妳太愛她。」

「你有求過姊姊不要離婚，但她堅持離婚吧？」

「一切都已經過去啦。」

「為什麼要自己一人背負所有的罪名？讓你的兒子一直誤會你好嗎？」

「守護一個人的方法有很多，有時這個方法會讓他憎恨、氣惱我一輩子，但能換來他的幸福，即使他對我有多大的誤會，我也無所謂。」

「這樣真的好嗎？」

「樂仔很愛他媽媽，媽媽在他心目中是最美好的形象，當時在那個階段也是需要媽媽的。我工作太忙，根本無法照顧他的需要，破壞他們的關係，對任何人都不好。」

「這樣對你公平嗎？」

「世上哪有什麼公平不公平，只是願意和犧牲。」

「我……一直都想守護我姊姊的形象，所以知情也不敢說出來，但看見你連樂仔的一面也見不了，我就覺得……是時候告訴他真相。」

「不用了，一切由我承受就好。」

「為什麼？」

「我是男人嘛，留不住一個女人的心，守護不了一個家庭，當然是我的錯。」

他停頓一下，轉頭望著獎座說：「何況……它在我身邊。」

「就讓這個謊言與我一同陪葬，直到永遠。」

※ ※ ※

「崔六雲先生。」

四周漆黑一團。

許叔的呼喊，我才意識到自己正站在橋頭。

回望，許叔已經拿著自己的燈籠，微弱的光芒劃破黑暗。他準備好出發。

渡命橋是延伸至黑暗的橋，沒有燈籠的光，便會迷失方向。

「這樣造成遺憾，不會痛苦嗎？」

「人生太多遺憾，我們不會每一個都能解決。人生呀，就是學習與遺憾共存，接受痛苦、面對痛苦。」他拍一拍我的肩膀說：「你的人生路還很長。」

這個……我倒希望不是。

「何況你已完成你的工作。」

他拿出獎座，我感到完全不可思議。

這……

不可能呀？

「人生最奧妙的就是，雖有痛苦，也有奇蹟。」

我總覺得，他的責任心太強，背負所有東西。

「許叔，為什麼責任對你來說那麼重要？」

「因為沒有責任，愛會變得不實在。」他提起燈籠向前走：「別人也會感覺不實在。」

他微微笑，一個人走向橋的另一邊。黑夜漸漸吞沒了他。

在生死面前，也許所有的事，都顯得毫不重要。

許叔的葬禮是直葬。

直葬，近年在日本開始流行。單在關東地區，已經有近兩成人選擇直葬。

所謂的直葬就是，不舉行任何儀式便直接火化，將骨灰安放入墓便完結。越是都市化，人便會傾向簡化一切禮儀。

這是他的意願，不想帶給任何人麻煩。

樂仔有送許叔最後一程。在盧凱靈的陪同下，他把新的籃球獎座放在許叔的棺材上。

「對不起，我來看你了，爸。」

夢想成真篇

話說我 WhatsApp 那個叫董喬伊的女生，我問我的衣服清洗好沒有。

她爽快地回答：「沒問題，你隨時可以來拿。」

隔天，我就依照她給的地址上門。

打開門，迎面而來的是一個頭髮蓬鬆、打著呵欠的女生，一看就知道還沒睡醒。

「什麼事……？我不是說不用訂報紙嗎？」她迷迷糊糊地問。

「我不是賣報紙……妳今天叫我來拿衣服……」

說話之間，我才發現自己要拿的那件純藍色外套，正被她當作睡衣穿著。

「啊……對……你等一等……你等一等……」她回屋四周張望，尋找我的衣服。

「那個……不用找了，就在妳身上。」

「啊……昨天太累又沒有洗衣服……一時沒衣服穿……」

我無話可說。

「你等等……我馬上拿去洗乾淨給你。」

「還是下次好了。」

「不用啦，現在馬上就可以還給你，相信我，跟我來吧。先等等我。」

她關上門，換了一件微皺的黑色 T 恤配米白色半身裙，就帶我下樓。我跟著她，來到樓下一家洗衣店。

投下錢幣後，我們就在店內等待衣服清洗。

「對不起，崔路仁先生。」

「我叫崔六雲。」

「是嗎？搞錯了。」

妳有什麼是不會搞錯的？

在等候衣服的時候，她又打著呵欠，幾秒之間就在座位中睡著了，一副蠢蠢的樣子。

忽然間，她的手機響起，把她吵醒了。

「什麼？你臨時有事？那我一個人怎麼辦？不行呀！不行呀！說好是兩個人的嘛！喂……我一時間哪裡找個人來？喂……！」

她氣鼓鼓地掛掉電話。

「什麼嘛，真不夠義氣。」

突然間，她想起什麼似的瞪著我。

「你是人吧？」

「妳說呢？」

「你也有手有腳。」

「當然。」

「那你……接下來沒有事做吧？」

「我？沒……」從她眼神中感到一絲不好的感覺，我便立即改口：「我……有事呀。」

「太好了！你願意幫忙，呼，鬆一口氣。」

「我說我有事呀。」

這位小姐是怎麼了，是選擇性失聰？

「不要啦，求求你幫忙！跟我一起去機場！」

「機場……？」我問。

「可以吧？」她眨著水瀅瀅的亮眼，露出懇求的眼神。

我確實要去機場，這……某程度算是順路。

「好吧好吧！就這樣決定啦！」她看見我在遲疑，就擅作主張幫我下決定。

果然，遇上她沒有什麼好事。

「到底是要幫什麼？」

「很簡單啦，只是需要站著的工作……」

這我就放心了。

不，等等先，為什麼她的眼神這麼心虛。

一個半小時後……

「來，小朋友看這邊，是一隻小白兔……然後……跟我一齊唸……媽呢媽呢～空！」

「媽呢媽呢～空！」他們齊聲地喊叫。

「這樣，就變成一個大叔叔出來啦！」

「是哥哥……」我低聲地說。

在這一刻，我就要打開木櫃出場，接受全場小朋友的歡呼！

※ ※ ※

她是一個魔術師，今天在機場有一場魔術表演，原本的助手臨時爽約，變成由我代替魔術女郎的位置。

我要穿著兔女郎的衣服。

「再來，你來吹一口氣！」她把一頂帽子遞給一個小妹妹，妹妹向帽子吹了一口氣，然後她就從帽子中變出一隻小白兔來。

「哈哈哈哈！」小朋友們都看得目瞪口呆，拍手歡呼。

不得不說，她穿起魔術師的衣服時，認真工作的樣子，與她平常是判若兩人。

可是，做表演的工作，壓力大得很，只是表演一個小時，我已經疲倦眼睏。

好不容易，終於撐到表演完。

「喂！」我的左肩被人一拍，轉向後卻沒有人。

她在右邊出現。

「送給你。」

她遞給我一枝黑色的玫瑰，我伸手想接時，她又迅速收回，然後變出一顆巧克力。

「送給你吃吧……看你這麼沒有精神。」

「為什麼魔術師總愛這招。」我吃著巧克力問。

「因為魔術師就是喜歡讓人驚奇嘛。」她理所當然地說：「今天感謝你的幫忙呀，如果下次──」

「沒有下次……」要我再扮女人不如叫我去死。

「不是啦，你扮女生還滿可愛的呀……」她挑逗我的兔耳朵說。

「我好後悔今天幫了妳……」我深深吸了一口氣。

「你到底要去哪裡啊？」

「我要陪客人旅行。」

「對了，還沒問你是做什麼工作。」

「我是一個陪葬師。」

「陪葬師？什麼東西？」

這時，我的客人終於到了。

他是一個 28 歲的男生，叫阿軒，一頭清爽的髮型，背著一個大背包。

「崔仔，我到了！」他一來到便熱情地擁抱我，差點還想吻我的手背。

「啊……原來……你是這樣……我不打擾你們了，再見。」她深深鞠了個躬就離開。

「為什麼她好像誤會什麼似的？」軒仔問。

「還不是因為你。」

離登機的時間不多，我們卻仍在機場的商店閒逛。

「買不買這一包魚皮，我在 IG 見過人推薦，說味道不錯呀。」

在機場的商店，軒仔拿起一包包零食細思。

「無所謂。」我說

「你說魚皮好還是薯片好？」

「都可以。」

「很難選呀……」他叫苦連天，然後眼角斜瞅到一包零食。

「哇，這個是上次在 FB 看見廣告，大家都說好吃，一直想買的！」

「隨便吧。」

「不要這麼沉悶啦，現在我們可是去旅行耶！熱情一點啦！」

遇到太熱情的人，還是冷靜一點比較好。

陪伴過這麼多的人，其實大部分客人的遺願，都是希望死前去旅行，甚至是環遊世界。

軒仔也是一個正常人，跟大部分人一樣，死前的遺願是去旅行。

這次，我們去的是尼泊爾。

尼泊爾，一個位於喜馬拉雅山脈地區的小國，境內山巒重疊，全國四分之三以上的面積都是山地，因此有「山國」之稱，人口 2,800 萬，曾受英國和印度的統治，文化上亦深受印度影響。

他說，想去一個比較特別的國家見識。

「啊！啊！又是罕見的零食呀！廣告見過！我們買吧？」

我說錯了，對不起，其實他不正常。

臨上機前，我收到一則訊息。

「謝謝你今天的幫忙，祝你旅途愉快。　董喬衣」

我笑了一笑，哪有人連自己的名字也打錯。

「阿雲，我們上機啦！」他又在遠處大叫。

希望這次旅程順利。

剛下機，我們便能感受到尼泊爾炎熱的天氣。

話雖如此，但它的那種熱，並非香港那一種悶熱，濕漉漉而令人難以出汗。尼泊爾的熱是乾爽舒服的。

第一次來到高山國家，感覺就是……非常原始，比中國的二、三線城市更落後。

「哇！你看，這裡很像小學！哇！沒有冷氣呀！」他對著別人的機場驚嘆。

沿途上，他都在大呼小叫，活像一個剛入世的小朋友。

「喂朋友！有什麼可以幫助你們？」

一離開機場，立刻就有一群人圍著我們。說可以介紹我們酒店、行程景點、一切的食宿去處、電話卡等等。

「真友善呀。」軒仔開懷地說：「尼泊爾人真好，又熱情又主動，哈哈。」

「你確定？」

「難不成會騙我們嗎？」軒仔說，他已經與那個熱情的尼泊爾人互相搭著肩膀，彷如兄弟。

我們沿著機場進入市區（其實機場就在市區中），一路上吃吃喝喝。

尼泊爾的建築混亂獨成風格，街上沙塵滾滾，一陣大風捲起千層沙暴，如果沒戴口罩跟自殺沒有分別，我才不要虐待我的呼吸系統咧！

「哇，這杯飲料不錯，叫什麼？拉屎？哈哈哈哈。」

他所指的是有點像酸奶的 Lassi，是尼泊爾的特色飲品之一。

「朋友，如果想再喝，來我們公司啦。」那個熱情的尼泊爾人說。

「好呀哈哈。」

幾小時之後，我們的旅費直接少了一半。

「怎麼會這樣……」軒仔苦叫。

「我都說要小心他。」我說。

他說會載我們到最好的酒店，收完我們一大筆錢後，卻中途拋下我們。

站在吵雜街頭的我們，彷如迷失的羊。

「怎麼辦？」

二人拖著沉重的行李，又沒有落腳的酒店。

「你決定吧，反正我們本來就有多帶錢來，不用太擔心。」我對軒仔說。

「我決定……可是我也不知道呀……」他猶豫不決：「先吃晚餐？可是我又怕再晚一點沒地方住。」

花了十多分鐘，他還是決定不了，我就說：「那不然先去吃點東西好了，我有點餓。」

尼泊爾的文化深受印度影響，連飲食也是。

基本上，有時還是能分出尼泊爾的咖哩和印度的咖哩，就是尼泊爾的比印度的淡和少一點辣度。

而另一款有名的食物叫 Momo，像中國的小籠包，蘸醬吃。

我介紹完後，軒仔還是不知道吃什麼好，只是忙著拍照上網。

當被人騙後，他也是第一時間更新自己的 IG，把自己的心路歷程貼上網。

我倒不明白，這有什麼好跟人分享。

「崔仔，你的 IG 是什麼？」

「我沒有 IG。」

「不會吧，你是古代人嗎？」

理論上，只有工作用的 IG。

「想吃什麼……」我還是回歸最初的問題，因為我肚子已經餓得咕嚕作響。

「我不知道呀。」

我不知道，大概是他說得最多的一句話。我記得軒仔第一天來找我的時候，也是這樣說。

「我只剩下一個多月的壽命。」

軒仔是一個樂觀的人，對自己身患絕症仍是積極地面對，起碼不像一般人那樣怨天尤人。

特別是，當你連怎麼患病都不知道時，這種態度更是罕見。

因為急性白血病的確切成因，現在仍然未知。

骨髓是位於骨中央的柔軟海綿狀物體，負責製造白血球。白血球對於免疫系統至關重要，因為它可避免感染及有害物質。

而所謂的白血病是白血球生長不正常，在骨髓中失控地繁殖增生。異常白血球填滿骨髓，令骨髓無法製造正常血細胞，例如白血球、紅血球及血小板等。結果會削弱身體對抗感染的能力，並可能出現貧血、瘀血或不正常出血。

看他的笑容，根本不像是一個患病的人。

「那你有什麼遺願？」我問。

「遺願？我大概想……嗯……嗯……我也不知道啦。」他抱著頭左思右想，也想不出個所以然。

「不知道？」

「其他人呢，我是說一般將死的人，他們會想做什麼？」

我說大部分人都會選擇旅行時，他恍然大悟地說：「對，我應該是想去一次旅行！」

「去哪裡？」

他又再次抱著頭左思右想：「地方？我大概想……嗯……嗯……我也不知道啦。」

他基本上沒有下任何決定。

「我大概想去一個比較特別的地方。」

如果再等他選擇，怕他去世都還未成行，我不想我的時間被浪費，就替他選擇了尼泊爾。

回到現在。

最後，我們隨便找了一家路邊的小店填飽肚子，我們點了一份炒麵，感覺不像給人吃的。

「我沒想過尼泊爾的人會這麼黑心，不是說他們很天真的嗎？」軒仔抱怨道。

你這麼容易相信人，怪不得誰，不騙你也對不起自己。

勉強吃完東西，像把一堆不知什麼味道的雜物塞進肚子裡，餓你不死，你又不知吃了什麼。

「好飽……」

捧著肚子，我們一邊選好幾間酒店，便起身前往，一路上，他都忙著一邊用手機拍下照片，或是複述著他在 IG 中看到什麼。

「哇，阿發又買了一部新跑車……要數百萬才買到……啊！是絕版的 JD 球鞋！給阿輝買到，他還去了周杰倫的演唱會！……小美在英國留學的生活好像很精采呀……夜夜笙歌……」

我沒有回應過什麼，因為我對他所說的大部分牌子都不認識。

「你想選哪一間酒店？」

在我們眼前有兩間酒店可以選擇，第一間是本地尼泊爾風格的，環境一般，勝在價錢較便宜；另一間是西式的，格調較高，價錢自然也較高。

「嗯……你想呢？」

「我無所謂，行程體驗依你決定較好。」

軒仔仍是左思右想，沒法決定。

「西式吧。」我說：「人將死，錢也帶不走。選一間體驗好一點的吧。」我徑自走入酒店。

他急忙追上，然後笑著道：「喂，崔仔，不要生氣啦。」

「沒有……」

結果去到酒店時，他竟然要一間雙人房。

為什麼？明明可以要兩間單人房，大家都舒服一點。

「留多一點錢，可能之後旅程有用嘛。」

我無話可說。

這一天的旅程來到尾聲，我已經有點疲累。

酒店的客人數量不多，只有我們和另一個外國旅客入住，大概現在不是旅遊旺季吧。

因此，我們所得到的服務，是每一個人有一個服務生專門貼身跟隨。

但我沒有什麼心思享受，因為今天太累，就直接回房。

我洗過澡後，軒仔仍在床上滑 IG，我癱在床上倒頭就睡。

「崔仔你是不是在生我的氣？」

「我只想睡覺。」

我感到他站起來，坐在我的床邊。

「真的生氣嗎？」

「……」

「從小到大，家人就為我安排好一切。讀哪一間小學、中學，選什麼科，參加什麼興趣班，學什麼樂器，放學後一小時要做什麼；兩小時要做什麼，大學要讀什麼，家人都一一為我決定好。」

他忽然真情流露，使我不得不重新坐起身，認真聽他說話。

「所以，我從小到大，最不愁的就是『決定』，還有問自己想要什麼。」

「我有在聽。」

「崔仔，我有時候挺羨慕你的。」

「嗯？」

「每當我打開 IG 時，我都感到非常不開心。」

這句話倒出乎我預料。

平時見他機不離手，App 不離眼，現在他說他並不開心？

「每當打開 IG 時，我都好羨慕別人精采的生活，看著他們買到什麼名貴東西，或是飛到哪裡享受生活，我就嫉妒他們亮麗的人生，厭惡自己黯淡的生活。」

「社交平台，人只會表現自己最好的一面出來，希望堆砌一副幸福美滿生活的表象，讓別人羨慕，你永遠不知道他們背後——」

「我明白……可是……我就是控制不了自己。」他低著頭說：「我的外表跟內心很不一樣……」

「每當我看見同學漸漸在事業上成功，買車買房時，我就會為了賺錢，加入我不喜歡的『賺快錢』行業，希望自己也能買車買房；當別人去歐洲遊玩時，我就會跑去歐遊，但明明自己不喜歡歐洲；看見別人拍 vlog 會有名氣，我又跟著一起拍 vlog，但其實我不是真的喜歡拍 vlog；看見別人有新球鞋，我也會買一雙，儘管我覺得那個款式其實不怎樣……每當人們有什麼，我就想要什麼……」

平時笑容掛在臉上，嬉笑怒罵的他，此刻無比地認真。

「直到我發現自己有病之後，我才明白……最可怕的人生，原來不是短暫人生，而是原來你的人生都是拼湊。一直拼湊著別人認為好的東西。得到的所有東西，卻全不是自己真正想要。」

他望著窗外，深邃的眼眸似乎看見許多不同的星星，但又似乎沒有一顆星星是他喜歡的。

「臨到將死之時，才驚覺從沒有為自己活過，做自己真心想做的事……連一件也沒有。」

※　※　※

第二天起床後，我思索甚久，最終還是把本來計畫好的行程表撕掉。

聽到撕紙聲，這時，軒仔才慢吞吞地起床。

昨天，他說得激動，不知不覺就在我的床邊睡著。

「我思考了一段時間……」我說。

「什麼？」軒仔還是一臉茫然，迷迷糊糊的樣子。

「我把所有計畫好的行程都刪掉了。」

本來就是我臨時計畫的行程，當時問軒仔有什麼景點想去，他只是說「我不知道，你來安排好了」，就沒有參與在計畫當中。

因此，這份行程可說沒有任何一項是出於他本人自身的意願。

「喔？玩那麼大……？那……我們今天要幹什麼？」

「由你來決定，你想做什麼我們就去做吧。」

「我……蛤？」他露出一副前所未見的慌亂樣子，結結巴巴地說：「不行呀……我不行的……」

「不，必須是由你來決定。」

「最後我們會一整天都空坐在尼泊爾呀……什麼地方都沒去……」

「沒關係，」我拿出紙筆給他：「反正如果不是你想去的地方，即使有多漂亮又如何，你也不會欣賞和享受，倒不如不去。」

他呆滯在原地，不知如何反應。

「從這分鐘開始，你就是我們行程的掌舵人了。」

我有那麼一點點的期待今日的行程。

「啊……這裡好不好？好像又不太好……啊……」

美食當前，他卻無心享用，反而忙著上網搜尋尼泊爾的景點。

酒店早上會提供自助餐，雖然我不喜歡尼泊爾的食物，但我還是得承認，他們的奶茶有著濃郁純香的滑順口感，奶味極重，跟香港的奶茶相比，是另一番風味。

慢慢喝著奶茶，細看眼前的人在忙碌，也是一種挺特別的體驗。

「猴廟？佛塔？」他搔著頭，氣急敗壞說：「啊……」

趁著他煩惱之際，我拿出手機回覆訊息，因昨天的緣故，我跟董喬伊聊了起來。

「聊了起來」這個句子從未出現在我的生命裡，別人總是覺得我冷淡，說話淡而無味，我也是這樣認為。

所以，我倒也好奇，這個人好像不受這些影響。

「陪葬師是一份幹什麼的工作？」她似乎對這個職業頗有興趣。

當我解釋完一大輪後，她說：「哇！所以你不會死？好厲害呀！」

厲害？有什麼厲害？

「但你是不是為了達成什麼任務才做陪葬師？」

死。

自始至終，我都希望能真正死去。

此時，軒仔站了起來，他苦惱地說：「我們……走吧。」

「你已經想好今天的行程？」我問。

「嗯……」他不怎麼肯定地說。

加德滿都給人的感覺就是「急速」、「混亂」、「沙塵滾滾」。

在這裡，交通的規矩就是——沒有規矩。

尼泊爾少有紅綠燈或有規範的交通指引號誌。馬路上亂象橫生，車來人往，險境處處。當你在馬路上辛苦地左穿右插時，會偶然看見幾頭牛，懶洋洋地躺在路上，打著呵欠，然後睡個午覺。

原因是，在他們的信仰中，牛是聖獸，殺牛是要坐牢的，車見到牛也只能避開。

好不容易，我們來到猴廟。

猴廟（Swayambhunath）坐落於加德滿都山谷地上，由於成群猴子聚居於此，因此又稱為猴廟，能在高處俯瞰整個加德滿都。

遠眺加德滿都，整處盡是一座座小屋，像蜂巢般。

有一個尼泊爾人曾自薦說可以當我們的導遊，講解一小時，結果不到十五分鐘就落跑了。

我們又被騙了。

還有那些該死的猴子，十分煩人，不知怎地，我被其中一隻打了一巴掌，還得意洋洋地拍拍屁股就跑掉。

該死的猴子！

「你喜歡這裡嗎？」來到山上，巨型洗白圓頂塔就在眼前，我問。

「啊……應該吧。許多人說這裡很多東西能看。」他說得有點心虛，眼神慌亂。

的確，如果你喜歡古蹟或文化，這裡金光閃閃的雕像、嘛呢石、轉經筒、巨型洗白圓頂塔和一群該死的猴子會讓你大開眼界，是一個好景點。

「那你是怎麼想？」我問道。

「我……喜歡呀，當然啦，這裡是我選的。」

「真的嗎？」

「這裡很無聊……我對宗教沒有興趣。」

我開始有點懷疑，會不會到行程的最後……也是這樣。

「不如，你跟我去一個地方。」我提議。

帕舒帕蒂納特廟位於巴格馬蒂河畔，是加德滿都最古老的印度教寺廟，擁有一千六百多年的歷史，進入寺廟內，映入眼簾的是承載印度文化的古老建築。

不過重點不在於它是一座印度教寺廟，而是岸邊緩緩升起的黑煙。

這裡同時是尼泊爾最大的火葬場——Arya Ghat。

寺廟前有一條長河，就是巴格馬蒂河。河邊就是火葬場 Arya Ghat。

河邊有一座座平台，人們會搭起架子火化遺體，焚燒後的骨灰會撒入河中，這就算是間接的水葬。由於我們都不是教徒，只能在對岸觀看這些儀式。看著人們在河邊淋浴、清洗，再將屍體燒掉，最後一切歸入江河。

「你想要一個怎樣的葬法？」我問。

「蛤？」

「土葬、火葬、水葬，無數的葬法，你想要哪一種？」

「我……我不知道。」

望著火煙絲絲升起，我指著縷縷輕煙道出事實：「可是，這就是你的未來。」

他低頭不語。

「你的時間不多。你說，你這生都好像沒有做過一件自己真正喜歡的事對吧？」

「嗯，我是這樣說過呀。」

「如果你是對面那具屍體，即將被燒為烏有。在這之前，你仍然會想起的是什麼？」

他遙望遠方的高山，開口說道：「我只想到一件事……」

※ ※ ※

博卡拉是尼泊爾第二大城市，位處尼泊爾中部，人口約20萬。

從尼泊爾去博卡拉，如果搭小型飛機只需20分鐘。

到達博卡拉後，我們終於正式實現軒仔的遺願。

尼泊爾是多山的國家，世上最高的十座山，有八座都位於尼泊爾境內，其中包括珠穆朗瑪峰。

軒仔的目標並不是珠穆朗瑪峰。

「我一直……都想嘗試到那裡去。」軒仔指著一座像魚尾的山峰說。

Annapurna Himal（安納布爾納峰）是由數個高峰組成，包括主峰 Annapurna I（8,091 公尺）、Annapurna II（7,937 公尺）、Annapurna III（7,575 公尺）、Annapurna IV（7,535 公尺）和 Annapurna South（7,219 公尺），包括著名的魚尾峰 Machhapuchhre（6,993 公尺）。

魚尾峰 Machhapuchhre 也就是軒仔指著的那一座山峰。

「你怕嗎？」

「我還有什麼好輸？」他豪氣干雲般說道。

就此，我們開始踏上高山之旅。

我們都沒有豐富的登山經驗，只是憑著一股衝動去做。當軒仔望著高山說我想去爬，我就說那我們去爬吧。

沒有計畫，沒有導遊，兩個人只是買了一身普通的登山裝備，就直接往山上去。

這是一件非常危險的事，但我們有什麼可以輸？兩個都是將死之人。

「你會不會覺得我的夢想很幼稚？」軒仔問我。

「只有嘲笑他人擁有夢想的人才是幼稚的。」我搖搖頭。

我們從一個叫 Nayapul 的小鎮開始出發，代表我們正式與城市文明宣告再見。

沿途甚少再出現英文，只有尼泊爾文。映入眼簾的，也只是數之不盡的梯級和翠綠的山林與廣闊的藍天，還有一隊隊運送物資的馬隊。

沒有多餘的聲音，只有大自然的聲音。

這一天，我們成功到達 Tikedhungga，在民宿度過一晚，軒仔說他有一點頭痛、疲倦和呼吸急促。

「我想我太累了，太久沒有運動，人也變得易累。」他苦笑道。

真的是這樣嗎？

第二天，我們繼續出發，往 Ghorepani 前進，海拔將會由現在的 1,500 公尺升至 2,800 公尺。

攀走長不見盡頭的階梯，軒仔的氣喘更加嚴重，喘聲不絕，我們每走一段小路就需要休息一長段時間。

他的呼吸聲若洪鐘，我問他需要折回嗎？

他搖搖頭說，這一次是他真正做自己想做的事，他不想輕易放棄。

「何況，我現在才真正了解到，原來尼泊爾有這麼美的一面。」他笑說。

我們從山路而來，不時遇見住在山上的小朋友，他們臉上純真的笑容，一邊玩捉迷藏，有些踏單車，自得其樂，完全不受外界的影響。

「很羨慕他們呢……」

說罷，我們又繼續上路。

可惜天公不作美，疾風颯颯、暴雨瀝瀝，階梯淋到雨變得很滑，很容易跌倒。我們需要花費更大氣力上山，但氣溫低寒，整個環境都十分惡劣。

「需要回去嗎？」

「不。」

在山路上，有一個尼泊爾小女孩，棕色皮膚，卻有一雙罕見的藍眼睛，精靈可愛，穿著草製雨衣。當她看見我們時，熱情地打招呼。

她用生硬的英文問我們是從哪裡來的。

「香港。」

「你們要去哪裡？」

我們回答說要去看魚尾峰。

她對我們身上的裝備，包括手機、相機等現代設備都顯得好奇，喊著要觀看，軒仔也樂意分享，直到走時，她說要回去拿水給我們。

這倒是滿有幫助的，因為在山上，什麼物資都很珍貴。

大概她心急的關係，走在危險的峭壁時，不慎滑倒差點跌下山，幸好軒仔及時趕去拉著她，救了她一命。

「沒事吧⋯⋯？」他問小女孩。

小女孩搖搖頭。

可是，有事的是軒仔，他為了救她，被樹枝擦傷自己的腳，血流了一段時間，手機也摔壞了。

「無所謂啦⋯⋯手機壞了就算了。」

「真的嗎？」對平日機不離手的他，這可算是他的命根。

「命根在這裡。」他指著自己的心臟說。

揮別小女孩後，我們便繼續上路。

走了一段時間，軒仔說他的肌肉開始劇痛，我大概無法想像他到底有多痛，因為他是忍著淚水說的。

「真想回去呢⋯⋯」他苦笑道。

可是咬緊牙根，我們還是在這一天到達 Ghorepani，走了近十公里的路，爬了近 3 千多級階梯。

夜晚到旅館後，軒仔的情況更加嚴重，發起高燒，氣喘也更嚴重，由於他不肯下山的關係，因此我們留在這裡兩天，等他好一點再出發。

但他根本沒有好轉，傷口惡化得嚴重，化成濃瘡，甚至血流不止，一走路便會痛。

白血病的病人，本來受感染就難以痊癒。

「求你⋯⋯我想繼續走。」

「你的身體實在不適合。」

「我知道自己的時間不多，這是我唯一想做的事，我想⋯⋯堅持。」他說。

「如果現在下山，接受治療，你還可以有多點時間。」我理性分析道。

他堅持忍痛，繼續上路。

一旦人堅定了一個目標，他的意志力就可以強大得無視一切。

穿過 Tadapani、Chhomrong 到達 Deurali，每一步軒仔都走得非常辛苦，汗如雨下，咬著牙才能忍痛。

右腳先走，登山杖支撐、深呼吸，忍痛把傷了的左腳輕放，走路和爬階梯也是這樣。

「軒仔。」

「嗯？」

「對不起，我錯看你了，你比我想像中堅強。」

他苦笑，接著暈了過去。

「撐著呀……快到啦。」我拉著他，一個失去知覺的人，身體是會更加沉重，我幾乎費盡全身力氣，一點點地拖著他走……一步……兩步。

「你可不能在這裡倒下……都到這個位置了……醒醒呀……」

拖著他進入雪地，我只感到自己的體力和體溫迅速流失，意識也漸漸地失去，拉著他變成最本能的反應。

「軒仔……醒醒呀……快到啦……」我們走過的雪地上都沾上他的血，形成一條血路。

「軒仔……醒醒呀……」

「軒仔……醒醒呀……還有一點……」

我說的話，變成無意識的語言，一直拖著……喊著……

不知過了多久，我也撐不住倒在地上。

就在這時，陽光照著我，逼得我忍不住張開眼睛。

抬頭一看，一個魚峰就在我們眼前。

「軒仔！我們到了！原來我們到了，魚尾峰就在眼前！」我用力拍醒他。

蒼白無血色的他，用盡氣力張開眼，親眼目睹這美不勝收的一幕。

燦爛的陽光把雪白雄偉的魚尾峰染成金黃色，如同世上最美的一幅油畫展現在我們眼前，此刻我們只感到大自然的壯麗，還有神聖感。

「好美……真的好美……」他流著熱淚說，在他斷氣之前。

「真的好美。」

※ ※ ※

「原來為自己而活的感覺，是如此的實在。」在渡命橋上，軒仔說。

「因為你賦予了它人生意義。」

就像時間本來也沒有意義，但當你賦予了它意義，每一分每一秒也可以變得精采和重要。

「崔仔，那你的人生意義呢？」

「尋找你手中的燈籠。」

「我手中的燈籠？」他提起印有自己名字的燈籠，笑問：「為什麼？」

「你想不想聽一個故事？」

他說好，我就開始講這個影響我深遠的故事。

「從前有一個旅行的人。他在草原上遇到一隻兇猛的野獸。

為了躲避野獸，他跳進一座枯井中，但枯井的底部，竟然有一頭龍伏在井底。

龍正張著大口準備吞噬他。他不敢爬出井去，因為野獸在井外等著。

可是他又不能往下跳，會被龍吞掉，他只好緊緊抓住從井壁裂縫裡長出的一根野生樹枝，吊在半空中。

問題是，他的手勁會用完。

他知道，被任何一邊吃掉是無可避免的了，但他仍堅持著，努力抓住樹枝。

這時，他看到兩隻老鼠，一白一黑，正在啃噬樹枝，樹枝就要斷了，他也即將要掉下去。

他環顧四周，竭力想找到其他可攀附的東西，可一無所獲。

這時，他發現在樹枝的葉子上有兩滴蜂蜜，他湊過去，伸出舌頭舔蜂蜜。」

「講完了？」他見我停頓，就問：「這個故事……崔仔，你到底想說什麼？」

我們每一個人，都要面對龍和猛獸的吞噬，都被老鼠啃噬著樹枝，眼前又有蜂蜜。

「有一種人，完全不知道龍和獸的存在，無知而活；有一種人會漠視一切，只顧舔眼前的蜂蜜，快樂就好；又或是有一種人，單純等待著被吃。」

「而我……只是最後一種人而已，不想被吃，也不只滿足於眼前的蜂蜜。」

「我覺得，還是有其他的態度，不一定是如此的面對。」他說：「何況，我覺得你根本不是最後一種人。」

是嗎？

「很高興有你陪我走最後一段路，希望你會找到出路。」他跟我握握手，就走向橋的另一端。

我有點羨慕軒仔。

第一次，不是因為他能通往橋另一頭的原因。

軒仔和我的遺體，很快就運送回香港，然後舉行葬禮。

我還是死不了。

我醒來之後，如往常般打出電話。

「您撥打的電話用戶，已經暫時停止服務……」

亦同樣獲得如往常的答案，沒有什麼不一樣，也沒有驚喜。

這次旅行，跟想像中不同。

原本預定軒仔還有一段時間才會死去，不料我們在山上便遇險而死。

不但工作時間減短，而且死法也跟預期中的不同。

這次，我可謂是白費功夫，什麼也得不到，但這也是我第一次能夠出席客人的喪禮。

靈堂上，播放著輕鬆的音樂，配襯著柔和的燈光，令人感覺身心舒暢。

本來遺照的位置，換成一面大螢幕。播放軒仔生前的相片，大部分都是從 Facebook 和 Instagram 而來的。

軒仔本來就喜歡分享自己，因此相片影片多不勝數，望著螢幕中的軒仔，就覺得他是熱愛生命的人。

來奔喪的賓客數之不盡，大概因為軒仔本身就是人緣極好的人。

阿文，在設計喪禮的時候，從來都是從客人的角度量身打造，最討厭就是公式化的喪禮，因為每個人都是獨特的，因此告別式也應該是獨特的，他說。

他是為夢想死。

「這一次，你可算是虧本了。」阿文對我說。

「是，但也可說有一點點的收穫。」

「他本來可以大有前途，只是因為病……」

「疾病從來都是人類無法控制的。」

「又不一定。」

「喔？」

「基因的問題。優良的基因，無論是身形或健康或抵抗力，都是由於基因。劣質的基因，天生就有不少的遺傳病，結果是後人受害。」

雖然奇怪，但我對阿文這番話沒有什麼反駁。

談不上認同，也沒有反駁的意欲。

應該是我沒有什麼意見。

在靈堂前，向軒仔深鞠三個躬，我就離開他的喪禮。

「喂！」

剛步出靈堂，就在門口遇上董喬伊。

「給你啦。」她上前遞給我一個小紙袋，說：「不要再說我欠你東西。」

「謝謝，讓妳專程把我的衣服拿來。」我說，打開紙袋。噗的一道小煙，噴得我滿臉都是，卻發現裡面全都是糖果。

「咦？」

「等一下，對不起。」她急急忙忙取走我手中的檸檬味糖果，放在手心，吹一口，竟然變出……

一粒橙味的糖果。

「？」

她吐一吐舌頭，尷尬地笑說：「你聽我說，昨天我表演完，回到家已經兩點多，然後我肚子好餓，又沒洗澡。我就立刻去洗澡，才發現我把該拿去洗的衣服忘在家中，剩下的衣服又要明天表演用，那你說，這個情況應該怎樣才好？」

我沒有說話，只是死盯著她。

她作賊心虛的眼神，還有左溜右竄的眼珠已經出賣了她。

「你說，這個情況應該怎樣才好呀？」

「我的衣服呢？」我攤開手掌問。

她拍我手掌一下，徑自一個人傻笑。

這個人的笑點真夠低。

「晚點才還給你啦，小氣鬼。」

「那就不要說今天給我啦。」

「我怎會想到有這個情況出現呢。」她摸一摸下巴說：「最多我賠償利息給你。」

「利息？」

「陪本小姐看電影。」

鬼片，又要被嚇又要看，這種心態經常被人批評。

從前我是沒有什麼感覺，但現在我非常認同。

大概就在她捏我的手臂第 67 次之後。

「哇！啊！好可怕喔！」

半隻手掩住自己的臉和眼睛，另一隻手恣意地攻擊我。

「那麼害怕，不如不看。」

「才不要，我喜歡呀！」

妳喜歡？妳到底喜歡什麼？

傷害人嗎？

經歷長達 120 分鐘的痛苦折磨後，我覺得戲院才是真正的地獄，最起碼手臂是這樣告訴我。

「你覺得好看嗎？」

「還可以。」

「那……你到底為什麼會選擇這個職業？」

這個問題，小衣也有問過我。

「崔六雲，你將來想做什麼職業？」

那時，幼稚園老師正教我們不同的職業，什麼消防員、警察、醫生等等。

「我……我想不到。」

課堂時，我已經因為這樣被陳老師罵了一頓。

「不要緊呀。你慢慢想。」

小衣是一個特別的女生，最大的特點大概是溫柔，跟她一起很舒服自在。

「那妳呢？」

「我……大概想做一個醫生，可以救活人的醫生。」

「好厲害……」

我喜歡跟小衣一起，她除了可愛，還對人友善。

上到小學，我們還是在同一間學校，感情更加深厚。

直到不知何時，學校某些人不太喜歡她，一些流言蜚語說小衣是一個魔女，專門殺小動物。

「你跟魔女在一起，她早晚會殺了你呀！」經常欺負人的同學對我說。

「你在胡說什麼呀！」聽到別人侮辱小衣，讓我忽然氣上頭來，對他大罵。

他不屑地笑，緩緩跑開。

小衣就在不遠處，難過地站在原地。

「我相信妳不是魔女呀……」

「嗯……謝謝你。」她哭著跑走。

流言越傳越盛，小衣也漸漸疏遠我，大概是不想連累我吧。

殺小白兔。

殺倉鼠。

殺小鳥。

太多的流言，讓我也有一點動搖。

到底小衣……是不是魔女？如果這是謊言，為什麼全世界都會討厭這個人？

我恨這個動搖的自己，恨不相信小衣的自己。

在床上輾轉反側數天，我終於下了一個決定。

我決定……跟蹤小衣，為的就是證明她不是他人口中所說的魔女。

那一天，陽光被厚雲所蓋，天色昏暗。放學後，我跟蹤小衣回家。我們經常會結伴放學，走過一段長路後，再在街邊的那一間麥當勞分開。

她家在麥當勞的東邊，我則住在南邊，因此我們每次分別後，我會由南面內街回家。

這一天，我沒有轉入內街，反而尾隨她往東邊去。

我一直跟著她，小心翼翼地保持大概四至五個身位的距離，偶然在她停下腳步時，我就立即假裝觀看街上的商品，盡量將自己隱藏在人海之中。

這麼可愛的女生怎會是魔女呢？

對吧，一定不會。

一直走到她家的樓下，她卻沒有轉入大廈，反而走去空地的方向。

呃？不回家嗎？

空地四周視野比較空曠，無處可藏，我需要離她遠一點才不會被發現，只好在遠處的大樓觀察她。她在空地蹲下不知幹什麼，弄了好幾分鐘。

我只知道，空地有許多的流浪貓狗。

接下來，她鬼鬼祟祟地將什麼放進自己的書包，然後匆匆忙忙、左顧右盼而走。

我接著跟上，尾隨她轉入一條內巷，心裡卻是不禁泛起不安的感覺。

怎會呢？你想多了。我討厭自己不相信她。

直到轉入小巷，她蹲在巷中。

接下來，巷中有什麼我都不知道，因為，我只看到一隻咖啡色的小貓死在她手上。

「妳在幹什麼……？」我不敢相信地問。

「……小雲！」她嚇了一跳，驚惶地轉身。

「魔女……是魔女！」我忍不住大呼出來。

「不，我是在……」

我轉身逃跑，毫不猶豫，而且帶著滿滿的憤怒。

好恨！

當然我沒有聽到她最後說什麼，也不想知道。

我只有一種被欺騙、被背叛的感覺，一直狂奔回家。

之後的日子，我開始逃避小衣。

「小雲……我……我們今天一起回家好嗎？」小衣揹好書包，來到我面前，吞吞吐吐地說。

我直接無視地越過她。

「小雲，你可以給我一個解釋的機會嗎？」

我沒有轉身。

大概，我的心裡面有點怨憤。

我不明白自己在怨憤什麼。

小衣，明明是最包容我，對我最溫柔的那一個。

當別的同學都在嘲笑我永遠穿著長袖衣服和戴著手套的時候，只有小衣一個不離不棄地待在我身邊，接受我的奇怪。

也只有她會對我溫柔地笑。

現在，我不能包容小衣的奇怪嗎？我明白小衣必定會受傷，可是，我不能過自己那一關。

矛盾和掙扎，使我徹夜難眠。

從那天起，我失去一個朋友……也是我唯一的朋友。

※　※　※

思緒重回現在。

「喂，你發什麼呆呀？」董喬伊揮著手，不解地問：「這問題有很難回答嗎？要思考這麼久？」

「不，沒有……」

「你可以回答了吧，現在。」

「妳為什麼要生存？」我反問。

大部分的時候，當我問這個問題，幾乎每個人都不會回答，又或者是深思一輪，才發現自己從來都沒有想過這個問題。

到底為什麼要生存？人又是為了什麼生存。好像都是無可奈何的事。

如果不能解答這個問題，為什麼我不能問：「為何不能不生存？」

大概只有她，能最快地問答，不假思索地。

「因為活著，可以知道下一秒的驚喜變化。」她精靈一笑，從我的耳邊變出一枚硬幣。

「我喜歡這種驚喜。」她說。

她凝望著我的時候，我覺得她的眼睛會閃亮，有吸引人的魅力，讓人無法抽離。

此時，電話卻又響起。

「是崔先生嗎？」

「啊……是。」

「上次你在我們的化驗所遞交的試驗物，化驗報告已經出來了。」

「嗯。」我緊張地握著手機，屏息靜氣地留心細聽。

「確定兩組 DNA 完全相同。」

「也就是說……」

「也就是說，兩種化驗物都是來自同一個人，是完全相同的人。」

掛線後，我終於感覺到無法呼吸的滋味。

復仇篇

雖然收到的消息十分驚人，但接下來的工作令我無法抽身。

原因，是有新客人的委託。

「我只有一個遺願。」擁有鷹眼大鼻、彷如成龍的他說。

「是？」

他遞上一個信封。

「拆開後，你就會懂。」他放下信件便離開。

我打開信，信中用秀麗的字跡寫道：

當你拆開這封信後，請不要驚慌，也不要害怕。

我的遺願非常簡單，跟我玩一場遊戲。

明天早上七點請至以下地址的智能櫃拿出一個行李箱。

再到以下地址，用地毯內的鑰匙打開門。

「遊戲？」

這是我頭一次接到陪葬客人，要玩一場遊戲。

當我如約定，拿好行李，準時來到所述的地址……就是一幢工業大廈後，按下門鈴，沒有回應。

地毯內果然有一副鑰匙。

打開這間房間時，陰暗無光，當我打開燈，頓現一個男人屍體被掛在半空中，氣絕多時。

恰好此時，兩名警察衝進來，直接把我按倒在地。

我沒想過，電視中出現的對白會在真實生活中發生。

「現在你並非一定要說話，但你說的話都會被記錄下來，將來有可能成為呈堂證供。」

死去的男人，叫郭偉雄。在城中無人不知，他是地產大王，富傾全城，名望甚高，經常出錢興建及資助多間大學進行擴建及研究。只是近期的生意有點下滑，企業王國飽受資金周轉壓力。

一、幾天前，郭偉雄收到一封勒索信。

二、我手上所拿的行李箱，是一堆鈔票，總值一百萬。

三、行李箱中的鈔票，確認由郭偉雄名下的銀行帳戶匯出。

郭偉雄今天本來上午九點多，在公司有個重要研討會要開，但突然說有點不舒服，便離開公司，然後就被發現陳屍於工廠大廈。

他死的時候，我正好到達現場，警方獲報有人意圖謀害他人，也剛好趕到。

這次真的有點麻煩。

「認罪吧。或許可以減刑，少坐一點牢。」

一個穿便衣的人，打著呵欠，走進一間密不透光的房間。

「不是我做的，我只是剛好到達現場，應該有閉路電視可以作證。」

「聰明的說法。你一早把大廈的閉路電視破壞，然後才故意這樣說的吧？」

「……我不知道，人不是我殺的。」

「你覺得有人會相信嗎？」他漫不經心地按著手機講：「逃不掉的，認罪吧。」

「其他地方也有閉路電視吧？」

他搔著頭，沒有特別在意。

「等我回來後，希望你能想清楚一點。」他笑著說。

我想起那個客人。

一切，都是一個局？

這到底是為了什麼？

鐵閘、金屬探測門，再有兩道鐵閘，戒備森嚴得讓人不敢呼吸。

熟悉又帶點陌生的環境，讓人討厭。

懲教員如常戴上口罩和手套，拿著小電筒，毫不客氣地對著你的頭部照，無情地撐開你的口腔、鼻孔、耳孔，你整個人都赤裸裸的，毫無尊嚴。

「哼，你這是什麼眼神。」

「可以輕一點嗎？」

「罪犯有什麼好講人權？」

「我沒有殺人。」

說出這一句話，連自己也感到有點無力，好像不是真話，已經沒有人相信。

「我不是罪犯……至少在判罪之前不是。」

「喔，是麼？」他輕藐地說：「警方已經控告你，你準備坐牢吧。」

他走後，我被關進一間狹窄的牢房，四周都是加長的水泥牆。

我嘆了一口氣。

現在，我的工作是代客受罪嗎？

明顯地，我受了客人有預謀的指使，誤闖兇案現場，成為嫌疑人。

我原先以為很快會真相大白，卻事與願違。

當時，那名警察回來後，眼神如獲至寶。

「你，曾經有過犯罪紀錄吧？」

※ ※ ※

所有情緒忽然一瞬間湧現。

「你曾經意圖謀殺一個人吧？」

雙手還感覺得到，用力抓捏著頸部的手感，那絕望空洞的眼神，痛苦掙扎的聲音……

殺了我吧……

殺了我吧……

撕裂的痛……

赤裸裸的瘡疤被人攞在燈檯上，我感覺自己就如沒穿衣服一樣。

「現在事實已攞在面前，你還不認罪嗎？」他把雙腳架在桌前，抖著小腿說。

「我確定自己沒有殺人，也沒有碰過屍體。」

「郭偉雄的屍體溫度大概是 34.78 度，換言之他死去一小時左右，鑑識人員推算，郭偉雄的估計死亡時間在九點左右。你想偽裝他上吊自殺，是頗聰明的做法，但也太蠢，蠢得無可救藥，不過聰明就不會犯罪。大概你不知道分辨一個人是不是上吊自殺其實很簡單……」

他自信地指著自己後頸說：「上吊自殺者的繩索繫縛位置會在左右耳後，而且呈深紫色。他的眼睛會合上、唇開、手握、齒露，繩索縊在喉上就會舌頭抵齒，在喉下則舌頭伸出，胸前有口水沫，臀後會有糞便流出。而被偽裝成上吊自殺的人……」

我接著他說：「被偽裝成上吊自殺的人，則會口和眼打開，手心張開，而且吊痕淺淡，舌頭不會伸出，也不會頂齒。」

他似乎有點驚訝：「呵，你也對這個有點了解。」

我說過，我是對屍體有興趣。

「不過，這也代表你只是一個變態的罪犯。」他接著說，「郭偉雄他的支氣管及胸腔出血，你知道是什麼原因致死嗎？」

我記得，看到他的屍體時，沒有什麼皮外傷。

也就是說……

「毒物？」

「兇手果然是你……」他嘴角勾起一抹冷笑。

「我不是。」

「果然呀，怎樣的父親就有怎樣的兒子，罪犯的兒子也只會是罪犯，有其父必有其子，哈哈。」

彷彿連上什麼開關一樣，我的情緒完全失控。鎖上手銬的我，翻越眼前的桌子，雙拳狠狠地揮向那個警察。

※ ※ ※

時間過了不知多久，我沒有手錶。

感覺像過了一年。

我終於理解到，度秒如年的意思。

就是每一分每一秒，對你來說都是折磨，生不如死。

直到，有人來探我。

應該……還沒有人知道我的事……

到底是誰？

去到會客室，才知道原來是董喬伊。

「怎會是妳？妳為什麼會來這裡？」

「你沒事吧……」

「還好……」

其實不太好。

「你怎會陷入這件事上？」她皺著眉問。

「因為一個客人……」

我盡量簡化整件事給她知道，她一邊聽一邊露出覺得不可思議的表情。

「原來是這樣？你豈不是很無辜？」她緊張地拍打桌面，果然是有什麼都喜怒形於色的人。

「他們還說你打人，為什麼……」

「因為⋯⋯」我無法提起那件事⋯⋯

手感仍在。

「因為他說我的父親是罪犯⋯⋯」

「⋯⋯」

「我的父親是殺過人。」

「對不起⋯⋯」

「沒關係⋯⋯現在問題是⋯⋯我的時間不多。」

「為什麼這樣說？」

我努力不讓自己回想剛才的事。「因為搜身時，我碰過懲教員⋯⋯我怕客人隨時會死。」

她激動地說：「你現在還掛念著他？是他害你的！」

「但工作還是工作，何況我也不是單純為他，如果他的死法是正確的，代表我就能正式死去。可惜⋯⋯我應該沒有機會出去⋯⋯」

「這又未必。」她想起什麼，然後露齒而笑。

「？」

「這次我不是空手而來。」她從袋中拿出一盒錄影帶。

「這是什麼？」

「這是街邊店鋪的監視錄影帶，證明你七點及九點的行蹤，是你的不在場證據。我已經把備份寄給媒體，相信很快就會引起迴響。」

我不可置信地道：「這錄影帶妳從哪裡得來的？」

「是一個男人給我的……也是他教我寄給媒體……啊……」她從袋中拿出一封信說：「他還有一封信給你。」

「崔先生，當你拆開這封信後，請不要憤怒。

因為陪葬遊戲還得繼續，不能停止。

相信不久之後，你就會被釋放。

第二宗命案即將發生，請盡你的全力調查。」

「把這封信給妳的，是不是一個鷹眼大鼻……像成龍的人？」

「你怎會知道？」她吃驚地問。

「他就是我的客人呀。」

果然，如董喬伊所言，我不久就被釋放，這宗案子一時間也成為新聞焦點。

我當然不太有興趣。

踏出拘留所那一刻，才明白擁有陽光和自由真好。

回家第一件事是倒頭大睡，昏死地睡。

家人對我消失一段時間，從不會覺得驚訝，因為我的工作本來就會長時間消失，因此他們也習以為常，自然也不會過問什麼。

「記得洗澡後再上床。」母親只是說了一句。

不過，外公進了我的房間。

「阿雲……上次說……你上次不是說，去驗在你外婆棺材旁邊的屍體，有結果嗎？」外公對這件事一直耿耿於懷，當然，那是他的妻子。

外公也一直試著聯絡以前的親戚，想查看那段時間，有誰家的小孩差不多年紀死去。

「沒……沒什麼特別。」我撒了一個謊……

「真的嗎？」

「嗯，驗不出什麼。」

我實在講不出口。

近來太多事發生。

「好吧。」他關上了房門。

我重新倒回床上，或許是太累的關係，馬上入睡，在睡夢中，我回想起小衣。

她正在公園裡，蹲在離球場一段距離的草叢中不知幹什麼。

已經有一段時間，我們再沒有聊過天。

我覺得，各走各路就是最好的結果。

如果不是母親要我去找公園裡的外公回家吃飯，我也不願意來這兒。

果然，遇見她正在鬼鬼祟祟、偷偷摸摸地不知在幹什麼。

「妳在幹什麼？」我忍不住上前去問。

她的腳跟前是一隻受傷的小狗。

「妳又在……」

「不！我是在救牠們！」

「救牠們？」

她認真地說：「六雲，我能相信你嗎？」

「蛤？」

「你能保守一個秘密嗎？」

她神色凝重地抱起那隻受傷的小狗，來到一個沒有人的角落。

「這裡應該可以。」

「妳到底想說什麼？」

她四處張望，確定無人才問：「你知道近來公園多了許多死傷的小動物嗎？」

我想說那都不是妳幹的嗎？但剛想說就吞回肚裡。

「不是我。」

「嗯？」

「弄傷動物的人，不是我……是其他人。」

「那妳為什麼要殺死那隻貓？」我激動地問。

人生中，我都沒有什麼時候可以用「激動」二字去形容，那次是少數。

「我不是要殺死牠們。」她屏息靜氣地說：「你知道，為什麼當全世界都覺得你是怪人時，我會跟你做朋友嗎？」

「嗯……？」

「因為我感同身受。」

我不明白。

「因為我知道，你有一些地方跟常人不一樣……應該說是特別。其實我也是……」

月色照落在她手中的小狗，小狗因受傷奄奄一息，只能發出嗚嗚的叫聲。

「接下來的事，你不要慌張和覺得……我恐怖，也不要……跟別人說。」她的語氣非常認真，讓我也不禁緊張起來。

她在地上沾了些泥巴，雙手按在小狗身上。

一陣風吹過，冷汗滿臉，我的心跳得很快。

「希望你不要覺得我是一個怪人。」

原本躺在地上哀怨呻吟的小狗，一下子精神奕奕地站了起來，厲聲而吠：「汪汪！」

「妳……」我不禁連連退後幾步……

「很可怕嗎？」

「不是……只是……」

一直以來，我都以為自己是最奇怪的那一個人，擁有不明的家族遺傳病。

當知道，這個世界上也有相同的人，存在跟我同樣的問題，就覺得……

這是怎樣的感覺？

有人陪伴的感覺？

這是無法言喻的滿足感。

「謝謝妳……」我說。

「謝什麼？」她失笑。

謝謝妳也是不一樣？這樣說又好像很怪。

「謝謝妳跟我當朋友……還有……」我低頭慚愧地說：「對不起，我說妳是魔女。」

我到底在幹什麼，說出多傷人的話。

「不要緊呀。我已經習慣。從我母親那一代開始已經是這樣，家族的遺傳病。」

我微微一震。

「只是這種能力，也有禁忌。」

「禁忌？」我問。

「不能用在人類身上……」她繼續說：「好像是因為動物的靈和人的魂是兩種 System 處理，如果用在人的身上，會有非常可怕的後果。」

我點點頭，望著她潔白的手，忽然覺得她好厲害。

「所以妳才想當醫生？」

「對呀。」

「妳比醫生厲害得多，妳必定能救回小動物。」

「我想救的不單是小動物，我想救人，這是我想當醫生的原因。」

她轉頭望向我，我馬上低下頭來。

不知為何，當下覺得自己不配跟她對望和說話。

她正面、樂觀積極，即使被人欺負也不害怕，而且更重要的是……

她的眼神讓人覺得閃爍。

我覺得她是一個活著的人。

而我，我不是一個活著的人。

「那你呢？你『奇怪的地方』是在哪裡？我只知道你長年都戴著手套，卻不知道秘密是什麼……」

「我也不知道……」

「你不知道？」

「我只知道，父母不准我脫下手套，不准我碰到任何人。他們也沒有碰過我，只會隔著毛巾碰我⋯⋯我想，我大概有什麼致死的疾病，一碰就會害死人。所以大家才不喜歡我。」

「你從小到大都沒有碰過人？」她瞪大眼睛吃驚地問。

「沒有呀。」

沉靜幾秒，只剩公園旁邊海浪拍打聲。

「崔六雲。」

「嗯？」我下一秒就意識到她有不好的意圖。

「不行！」

她已經提起我的手，但我嚇得立即縮回。

「喂！不准縮！」

「不行！不行！」

她強行從我的身後扳開我互扣鎖起的手。

「我有病呀！」

「你沒有病呀。」

「會感染妳的。」

「我是醫生，會醫好病的，你忘了嗎？」她溫柔地微笑道，脫掉我的手套。

「才不是啦！我會害死妳的！」

「我不怕呀。」

她十指緊握我的手，我生平第一次知道，原來人類的手掌是可以如此的軟柔舒服，溫熱傳遞原來是這種感覺。

原來所謂的觸碰……

「即使全世界你都不能碰，全世界都遺棄你，你也可以過來握我的手。」

睡醒過來後，第一件要緊的事，就是找回我的客人。

我約董喬伊在一家茶餐廳會面，有事想繼續詢問她。

她這天穿白色背心，黑色長褲，一副輕鬆休閒的樣子。

「找我有事嗎？」

「除了這封信，還有沒有什麼口訊是他留下來的？」我問董喬伊。

「沒有了，就只有這些，所有我知道的都告訴你了。」

那就不好辦。

「怎麼了？」

「我找不到他。」

「你沒有他的手機號碼嗎？」

「他沒有開機。」我說。

此時，電視正播放關於我被捕的那一則新聞。

原本審問我的警察，正在警署外被眾記者圍問。

「對於這一次，蒐證不足導致控告錯人……你有什麼話說呢？」

「發表一下呀！」

「方 Sir！方 Sir！」

他只掩住臉，什麼也不回答就走開。

電視閃過他的名字……方龍。

「你還是執意去找他嗎？」董喬伊問。

「嗯……他是我的客人。」

「要不然，在網上找他，網上起人底也容易，他叫什麼名字？」董喬伊拿出筆電，打開後問。

「陳家輝。」

「陳家輝……」董喬伊輸入後，過了一會卻目瞪口呆，像發現什麼可怕的事。

「怎麼了？」

「陳家輝是一個慣常的罪犯，經常盜竊、吸毒、傷人、殺人……還有……」

「還有什麼？」

她面青口唇白地說：「他……他幾個月前已經在獄中死了。」

「對……幾個月前的事了，他是在獄中自殺。」懲教員對我們說。

我們接著前往陳家輝生前所囚的監獄，詢問一下那邊的獄卒。

「妳不用跟我來，妳沒有工作嗎？」我本來想在茶餐廳跟董喬伊分手，誰知她還跟我舟車勞頓來到這裡。

「明天才有表演。何況，這件事挑起我的興趣，我也想知道到底死人如何殺人。」

結果我們來到監獄時，沒有人願意被訪問，是董喬伊運用甜言蜜語技巧才說服其中一人接受我們問話。

「嗯，那肯定是他。」獄中的職員說。

「那麼，獄中自殺是……？」董喬伊問。

「他是趁人不注意的時候，用衣服綁成吊巾掛在門中，把自己勒死，死前還狡辯稱自己無罪，這些人真是無藥可救。」懲教員搖搖頭說。

「喔……他無罪的意思是……？」

「他是因為殺人才進來。老實說，他犯過無數的罪，我們早已經對他死心。你要知道，有些人就是不會內疚。可是他到最後仍然沒有悔改過，認為自己無罪，辯稱自己沒有殺人。」

殺人罪……

「先謝謝你。」我說。

「不客氣。」

離開監獄後，董喬伊不解地問：「到底你的客人是不是死了？」

「如果他死了，我不可能還在這裡。」早在握手那一刻已經死去。

「那麼，一個死人是怎樣死了又殺人？變成屍體殺人？莫非他跟你有同樣的能力？」

「不否定任何可能。」我說，但內心認為這個可能性低。

必定有更大的內幕在後面。

「只是我覺得應該向一個方向查。」

「什麼方向？」她問。

「殺人案，應該就是所有事情發生的原因。」

圖書館的報紙大多只會收藏最近三個月，如果想找年分更久遠一點的，則需要到中央圖書館。

董喬伊聚精會神、速讀著眼前報紙，然後快速翻頁，似乎很想找出真相。

我緩緩地翻閱著報紙，打了數個呵欠。

「你這樣不行的呀，不是說要趕快找到客人嗎？」她看見我這個模樣，就不滿地說。

「是……」

怎麼她比我更有動力。

只不過，從茫茫的紙海中，果真能找出有關的報導嗎？我有點質疑。

「我覺得這樣好像白費功夫。」

「啊！」她大叫一聲，又突然失了聲般，說不出話來。

「怎麼了？」

她右手激動地不斷點指報紙，我埋頭一看，是陳家輝這幾個大字。

「我……我找到了！」

「厲害。」

「呵。」她臉色紅潤、面紅耳赤地咯咯笑。

標題是**【魔兇落網！殺人犯陳家輝被判終身監禁！】**

「這個陳家輝……獄卒哥哥好像說得沒有錯，他真的無藥可救。」

陳家輝……生前所犯下的罪行無數，盜竊、刑事恐嚇、非禮等等，無所不為，幾乎每隔一年就有一宗傷人案。

他是社會最大的寄生蟲，因此當他被捕時，全城歡呼。

「當晚他酒醉後，用硬物重擊城中張姓富商致死。」董喬伊讀出新聞內容。

「當晚，同場的還有……」她嘴巴張開，吃驚地望著我問：「這個不是……」

果然，熟悉的人名出現在新聞裡。

「還有，妳看……」我指著新聞的一處。

案件由高級警司（刑事）方龍負責。

「妳明白了嗎？」

「一部分。」

「剩下的只有我客人身分的問題。」

她嘴巴抿成一線，咬著嘴唇，皺眉問：「這……這不是代表下一個出事的，會是……？」

「對，所以我們要盡快找到他，不然他就危險了。」

※　※　※

一個戴著黑帽和太陽眼鏡的男人，揹著一個龐大的黑色袋子，還有一個巨型的行李箱，環望四周一番後，步進一幢唐樓。

上到天台，他打開那個行李箱，裡面正是昏迷中的方龍，他拖出方龍，在欄邊打了一個繩索吊結，想把他套入吊結中。

「還不夠嗎？」我此時也踏入天台。

他放下方龍，脫掉帽子和太陽眼鏡，正是陳家輝。

「你終於來了。」

「對不起，我太笨。」

「是我對不起你，你受了那麼多苦。」他徑自繼續將方龍套入繩圈中。

「報仇現在還有需要嗎？反正你要殺的人也死了。」

他的前額血管在微微抽動，咬緊牙關，低沉地說：「……還需要。」

「郭偉雄已經死了。」我說。

他憤然將繩索拉緊，狠狠地鎖緊方龍的頸。

「張姓富商的死，是郭偉雄造成的吧？不關你哥哥的事，對吧，陳家輝的弟弟？」

「陳家輝有一個弟弟，是在紀律部隊工作，陳家明。就是你，故意整容成你哥哥的樣子，對嗎？」

他的手緊拉繩子，說：「若不是這樣，郭偉雄不會心虛以為我回來報仇，給我一百萬的封口費，之後也不會出來見我。」

「就是我去工廠大廈當天。」

「他是死有餘辜。自己因生意不好，不想還債就殺人滅口。只因剛好我醉酒的哥哥經過，醉倒地上，就變成他的代罪羔羊！」他一拳打在牆壁，旁邊的花盆沙沙震動。

「已經過去了，他已經死去。」

他搖搖頭道：「殺我哥哥的不只是他，還有一群警察。」

方龍此時醒過來，看見自己手腳被綁，頸上被套繩索，便結巴地叫：「你……你想幹什麼，襲警罪刑很重！」

陳家明靠近他說：「你知道我哥哥是慣犯，就一口咬定是他，沒有認真地蒐證過，對吧？」

「即使是，我也是為民除害，你哥哥早晚也會犯法！」

陳家明憤怒地揪起他，一拳打向他的臉，他應聲倒地。

「所以因為我哥哥是壞人，就能任意安放一條不屬於他的罪名在他身上嗎？」

「……對壞人不該講公義！也不需要！」他痛苦地說。

「公義如果只對某些人講，那麼公義就不是公義。」他冷冷地說：「我改變主意了，你不配跟我哥哥同一死法。」

「什麼？你會坐牢呀！」

「反正我的目標已經達到。如果你們認真一點查案，就不會漏了閉路電視，也不會發現那一百萬的進出時間根本不同。世上有些職業是不能只當是工作，你們明白你們會害死人嗎？所有的傳媒也知道，這個司法體系辦事是多麼的腐敗。」

「陳家明，你冷靜一點……好嗎？」我一步一步走向他。

「因為他有錢，因為他會捐錢做善事，因為他有錢能使人作偽證，因為他有名望，所以我哥哥才是罪人……」

他眼睛通紅地說：「我從來都知道法律是不完美，但不完美……並非不進步和不公義存在的藉口。」他的手已捉緊方龍的繩索，準備把他扔出街外。

「不要呀！」方龍面如死灰，汗水沾濕腋下，哭著求道：「不要殺我！求求你！」

「太遲了，你在陰間求饒吧。」

他全力一扔，方龍馬上被拋出街外！我上前一追，只見天台原來還有下一個小低層，方龍只落在下層，痛得哇哇大叫。

「殺人始終要償命。」陳家明站在另一邊天台，左腳懸在半空，搖搖欲墜地閉上眼說：「我完成了。」

「不要！」我衝上前捉著他的手。

「謝謝你……」他流著淚說。

「哥哥，你看到了嗎？」

眼前一黑。

重新睜開眼時，我看見了……自己的燈籠。

「對不起。」陳家明低頭向我鞠躬說：「我利用了你，因你犯過法，他必定會歧視你，所以……」

「不要緊，但我想問你的絕症是真的嗎？」

他點點頭，再次鞠躬道：「真的，也因此我才想在死前，為哥哥洗刷冤屈。」

「你怎知道你哥哥是冤枉的？」

「我哥哥只是一個黑社會的低層，膽小如鼠，正是因為不敢做什麼大事，才會一直混在低層，他本質不壞的。即使他是壞人，也應該一宗案還一宗案，沒有做過就不應被冤枉。」

「所以就利用這個遊戲，設局令執法機構中計，吸引全世界的目光……包括傳媒的注意。」

「對，也想殺盡他們。」

「我覺得你不是這樣的人。」

「喔？」

「你是不想殺方龍才會通知我有下一場遊戲吧？你心底也希望我阻止你。」

他尷尬一笑。

「這裡是……」他問。

「這是人死會到的地方，就是渡命橋。人需在橋頭拿取印有自己名字的燈籠，才能走過這條幽黑的橋。」

「也就是我們可以走了？」

我們？

橋頭正有兩盞燈籠，其中一個印有我的名字。

一直以來，我都在尋找一個合適的死法，為的是能讓自己離開世界。

從我開始陪葬師這個職業起，就嘗試過無數的死法，只是一直找不到正確的一種。

無數次，我都站在渡命橋頭，目送自己的客人過橋，因我沒有自己的燈籠。

這次……終於……

我的四肢有點發麻，心跳加速，全身都火燒般……

「謝謝你！」我衝去抱著陳家明的肩，他被我突如期來的反應嚇到，我不停地跟他握手。

在他看來，死亡就是死亡，是一件正常不過的事。但在我而言，真正的死亡卻是一件難得的事。

這代表我終於能安睡，終於能脫離世界。

他問：「那……我們是不是可以出發了？」我這才記得，還緊握著他的手未鬆。

「對不起……」

他提起自己的燈籠，我也準備拿著燈籠出發。

當提起燈柄的一刻，無數的畫面如走馬燈閃現我眼前，速度快得無法看見，大量的資訊一下子塞進我的頭腦內。

「多謝。」

「不要忘記我！」

「你這個殺人兇手！」

「多謝。」

「不要忘記我！」

「你這個殺人兇手！」

「啊……」我抱著劇痛中的頭……

「我先走一步了……」

忽然，外公出現在橋上，他微微笑地望著我身後說：「你接著再跟過來吧。」

「外公……」

外公彷彿聽不到我的呼喚，徑自走向黑暗中。

「外公……」

我跟著外公走，但外公步速似乎很快，走到橋的另一端，有著無數個巨型鳥居在橋上，成了一條鳥居路。

外公就在遠端。

我正想上前時，卻有一隻手捉住我。

那是一隻幼嫩的手，感覺很熟悉……不……

那隻幼嫩的手突然變異成一隻皺紋滿佈的手。

一個白色捲髮、戴著老花眼鏡的老太婆說：「雲仔，你怎麼會在這裡呀？」

是……外婆？

「你怎麼會在這裡呀……」

外婆的身影逐漸分成兩個人、三個人，像幻變一樣，重疊又分開。

「外婆，妳又怎麼會在這裡？」

「壽命已盡，我走渡命橋，雲仔一起來吧。」

她伸出手，想拉著我的時候，卻有一道女聲大叫著「不！」

「崔先生？」

我不斷被人搖動，張開眼睛才發現是陳家明。

「崔先生，你沒事吧？」

「……沒……沒事……」這時，我才知道自己的呼吸極為急促。

「你的燈……」

印有我名字的燈籠，不知何時倒在地上，燃燒起來。

「不！」我急忙用腳想踩滅火種，但火卻越來越大，已燒成灰燼。

「沒有燈籠會怎樣？」他語帶可惜地問。

「過不了橋……我又不知道要找多久……為什麼我的燈籠會無緣無故起火？」

「我也不知道。」陳家明說。

我望著灰塵，只覺得頭痛難耐。

「再見了，崔先生，謝謝你的幫忙。」

陳家明走往橋中時，他的腳正鎖著一條長長的鐵鏈，但他卻不自知，這也是我第一次遇到這種情況。

殺人者，也許將來的後果無法想像。

又再一次……再一次，我回到人間。

同樣的全裸躺在床上，唯一不同的是……這次好像多了許多未曾見過的畫面出現。

我不知道用「許多未曾見過的畫面」描述是否準確，可是稱其為記憶又好像不對，因為我腦海沒有半點印象……

這一切古怪的現象……莫非是跟那具屍體有關？

可是，該如何驗證我的想法呢？

再次拿起手機打出電話……

「你所撥打的電話號碼，已經暫停服務……」

還是老樣子。

隔了一會，電話又再響起。

「喂？」我急忙接聽，傳來的卻不是我想聽的聲音。

好友篇

接下來的一小時，一輛豪華房車送我來到政府的官邸。

我這次的客人是一位政府高官，一人之下萬人之上。

「崔先生，你好。」他正在收拾自己的相框，數十個搬運工人在搬走不同的箱子，室內東西都清得差不多了。

他是一個五十多歲的人，鬢髮全白，卻精神抖擻、魄力十足。

之前也聽聞過他是一名精幹的強人。

「我沒想過，陪人死也會成為一個職業。」他放下相框，伸手示意我坐下，自己也坐到沙發上。

「這次叫我來，是想看一下這個地方的特別職業如何生存？」

「不是，我是真的需要這個服務。」

「你？」

「我患有直腸癌，末期。」

這位政府官員，就姑且叫他思高吧。

他出身寒門，憑自己的努力進了知名大學，到外國的一流大學讀書。回港後，加入政府工作，攀升速度驚人，最後被上頭物色，成為最高級的官員之一。

「我覺得，我為香港也算是盡心盡力了。」

他說，這個位置是三煞位，誰也不會做得好。因為大家都只關心各自的利益所在，最終所有的矛頭都指向他。

「但我也算處理得當，在任內解決的問題無數，而且也大力興建房屋，解決最主要的問題。」

這方面我不予置評。

「相信你叫我來，應該不是聽你述說政績吧？」

他哈哈大笑，輕拍手掌道：「你也算我見過最沒禮貌的人。」

「依據場合和對象做合適的事，才是禮貌。」

「好牙尖嘴利，不當議員浪費你的才能。」

「不了，政治如此深奧的『濁水』，我是淡水魚，絕對會死的。」

「好吧，我的遺願有一個，希望你跟我一起完成。」

「喔？」

「我作了一個夢，夢見我的初戀，她很想念我。」

「……」

怎麼我近來遇見的客人都是如此奇怪？

這次的遺願，起源竟因作夢？

「崔先生，看你的表情好像不太相信。」他說：「你對夢有多少了解。」

「夢，只是潛意識的一些投射。」

「我覺得，夢還不止這個程度。」

我無意再跟他辯論，只好問：「所以……你的初戀在夢中跟你說了什麼？」

「沒有。」他的頭擱在手肘上，皺著眉頭想了一想，再說：「她沒有說什麼。」

「你不是說她很想念你？」

「對，從她看我的眼神就知道。」

糟糕，遇上一個精神病。

真的是這些人統治香港嗎？

「拜託，我希望你找到她。」

不會又是什麼相隔數十年，還發現原來彼此深愛著的故事吧？

「這件事不是拜託私家偵探會比較方便嗎？」我好奇一問。

「不，只有你才能做到。」

喔？雖然我不太明白，但也沒有再追問下去。

「還有一件事……我不明白，為什麼有些市民對我的評價這麼低。」

他望著自己的相框說：「我覺得媒體渲染太多。」

我環顧四周，單是這個客廳已經有十個相框，全都是他的相片。

「真是不太容易理解呢。」

「對呀……」

離開官邸後，感覺一身都放鬆，果然太嚴肅的場合不太適合我。

我正想開始尋找思高的初戀情人時，卻接到董喬伊的電話。

她在話筒那頭興奮地說：「喂！我幫你找到生意啦！」

「嗯？生意？」

石籬有一間著名的米線小店，酸辣小鍋湯底在當區是非常知名，深受街坊歡迎。

「我要腩肉雞絲酸辣米線，妳要什麼？喔……另一碗也要一樣呀，謝謝。」董喬伊在電話中對我說。

由於店收得早，不到六點已經打烊，因此我現在在那間店內，一個人傻瓜般坐著，望著三碗米線發呆，店員不時傳來異樣的目光。

為什麼女生喜歡吃米線？

這個真是千古不解之謎。

等了十多分鐘，董喬伊終於帶著一個十六、七歲愛打扮的女學生來到。

「對不起呀，要等她放學，所以遲了。」

之所以說她愛打扮，是因為她頭髮金色挑染、穿戴奇異誇張的手飾和耳環、不合身的校服。

「她就是我所說的客人了！」董喬伊對我介紹。

坐下來後，那個女生毫不客氣就吃起眼前的米線來。

她從進店到坐下都沒有看過我一眼。

「她患有什麼 Rheu……」

「RA 病。」那個女學生接話道。

「對，是一種絕症呀。」

「要說多少次妳才記得。」

「對不起嘍。」

跟徐藹君是截然不同的人。

「其實我一次不能接兩個客人。」

「沒關係，接我這單生意就好。」她終於看著我問：「那有幾個女朋友？」

「我？沒有。」

「你有幾個男朋友？」

「我……沒有……」

「那妳有幾個？」我反問她。

「怎麼？想追我？對我有興趣？」她眨一眨眼、靠近我問。

「我只是問問……」

「沒有太多，只有 15 個。」

15 個！

以她這樣的年紀，已經有 15 個男朋友，也算是有點厲害。

一問之下才知道，不是總共 15 個，而是這一個月 15 個。

「如果你問我總共的數目，我好像回答不了你。」她毫不在意地說。

這個世代到底發生什麼事，我完全追不上變化。

現今世代真是混亂呀。

「全部男友都是喜歡的？」我問。

「當然，只是他們都各有優點，例如 Tommy 煮飯了得；John 數學天才，教學一流；Ivan 接吻帥氣；Andy 家中有錢，有車可以接送；陳 Sir 很成熟……」

「陳 Sir ？」

「對，我說錯是張 Sir 嗎？我已經說了對他沒有興趣。還是講了黃副校？不好，這個說好不能給其他人知道。」

來得快，去得快。

「如果喜歡，為何又分手？」

「每一個人，我都是真心喜歡，不過只要在一起後，馬上就會厭倦這段感情……不知怎地。」

她說她無法改變，也不知道怎樣改變，每當有人想回應感情時，她就會不由自主地討厭他，直接被她放棄。

「妳是性單戀吧？」我問。

性單戀（lithromantic），指那種無法接受他人愛或好感的人。

性單戀者會愛上人，但跟正常人不同的是，只要對方想進一步發展時，他們就會立刻採取迴避的態度，討厭他人對自己的好感和愛。

聽起來就是很奇怪。

她沒有否認和回應什麼，只是繼續吃著眼前的米線。

「你們真好聊耶，這樣就 OK 啦。」董喬伊輕輕拍手說。

好聊，到底哪裡好聊？

「我每次只能接一個客人，早已經有客人找我，所以這次我不能接下這宗案子。」

「為什麼！？」本來靜靜地吃米線的她，一聽到「不能」二字，就反應極大地問。

「我早已解釋啦。」

「你不能這樣。」

所以說，我最怕處理青少年，他們大多都不太講邏輯和道理。

「總之就是這樣，拜拜。」我放下飯錢就離開。

在我眼中，每次只能處理一個客人，原因在於陪葬的服務應該是貼心又周到的。

只不過，我有點低估她。

回到家，我便開始尋找思高初戀情人的工作，才讓我得知一個驚人的事實。

「不會吧？」

我跟思高相約好，第二天到街市會面，他說想了解一下平民百姓的生活。

思高坐著名貴的轎車，來到殘舊不堪的街市，他今天穿一身名貴閃亮的西裝。

全街市的目光都集中在他的身上。

「思先生……」

「沒關係，我不怕熱啦！」

問題不是這個。

他來到一攤賣肉的攤子，指著牛肉說：「這就是你們低下階層的平民所吃的牛排嗎？應該要煎 Rare 還是 Medium rare ？」

肉攤大姐目瞪口呆，不知他在講些什麼。

「Well done.」我代答。

看來今天真的有得受了。

思高笑容滿面，他不斷對四方的街坊市民點點頭、揮揮手。

「大家似乎對我也挺友善。」

他自我感覺良好，大概他的眼鏡出了什麼問題，完全漠視街坊人們臉上的微妙變化。

剛好正前方就有一個豬肉佬，他怒目攢眉，咬牙切齒，拿著豬肉刀的手微微顫抖。

「思先生，時間也差不多了。」我說。

「我才剛進來呀。」

「……前面好像有個人對你不太友善。」

「怎會呢，他們應該喜歡我的。」他說。

「死賤人！下地獄吧！」

我一直留意著眼前的豬肉佬，誰料人海中突然殺出一個拿著菜籃的大嬸，她躍起拉弓一扔，一整袋雞蛋擊中思高的臉。

他整張臉都得到了雞蛋的滋潤。

費了一番功夫在洗手間清洗，他才弄乾淨自己的衣服。

「真是一班沒文化的人！」他喃喃自語。

「如果你想訪問市民時，聽真話，現在最好偽裝一下。」我建議。

他簡單地喬裝一下，變成一個更老的伯伯，應該沒有人能認出。

但無奈又遇上另一個問題。

「為什麼沒有講廣東話的人？」他問。

訪問了好幾個人，沒有一個會講廣東話。

「這一區好像有不少新移民入住。」

終於找到一個坐輪椅的婆婆，她和藹可親，看起來挺友善。

「你覺得之前的首長如何？」

「粉腸垃圾一名。」

他的臉色凝重起來，生硬地微笑問：「為什麼呢？」

「有照顧過我們嗎？反正高官舔上面高官的腳就是啦。」

「但……他也有努力去搞好民生基礎建設呀……」

「他是能幹，只是他似乎忘記自己在做什麼工作。」

「什麼意思？」

「我說他能幹，是因為他確實想努力解決某些問題。但他對上面的壓力，從來沒有一次頂住。到底他是香港的官，還是上面的官員之一呢？」

「兩樣都是呀……」

「他明白我們老百姓市民害怕什麼嗎？對於我們這些生於斯長於斯的人，最害怕就是自己的語言、文化被一點一點的消失。害怕十年後的香港已經不是我們熟悉的香港。但有沒有一次，他是在站在香港人的角度說話？沒有。對香港人的困苦，他了解有多少？沒有，因為他是離地的，不知民生疾苦之處，不知老百姓在掙扎求存什麼。因為他不需要去理解，因為他不是每一個人一起選出來，這就是……為何。」

誰能料到婆婆也能如此中氣十足地發表這番言論，我差點想拍手。

但思高是我的客人，這萬萬不可。

只見他的臉如炭灰的黑，無精打采地返回車上。

「思先生，關於你叫我找的那個人。」

「對，你找到了嗎？」

「我發現她已經不在人世……」

「我知道呀。」他竟然如此說。

「你知道？」我問。

「就是死了才找你幫忙嘛，我……有些話想跟她說。」不知為何，他說這句話時，目光淩亂。

「說話？」

「就是……每個人青春時都會犯的錯。」

他們相識在中學時段，最無憂無慮的時期。

他精於語文，她善於美術；她欣賞他寫的文章，他喜歡她畫的圖畫。

偶爾為她寫詩、作詞和等她下課，兩個人也相處得挺快樂。

「妳可不可以接受我？」有一天，他終於鼓起勇氣去問。

她遲疑甚久，支吾其詞。

「妳……不喜歡我？」

一直以來，他都覺得可以跨過這條線，沒想到……

「不是……不是……」她卻說。

「那就是……可以？」

就這樣，他們在一起了。

不過，相愛的時光很快就完結。

在畢業的當天，他們分手了。戀情就止於此，從此大家不相往來。

「她一定是因為我不夠有錢和不夠成功才分手，所以我一直拚命地去證明，她的選擇是錯的。」思高說。

「思先生，人死就是去另一個世界，不能再跟陽間的人聯絡。」

他驚訝地問：「你陪葬的服務不是能到陰間嗎？」

「沒有人能去到陰間，除非死人。」我說。

他側目望著我：「這樣我明白了，看來是誤會了什麼……」

他又續道：「不過，依我在政府多年工作的經驗，是有這樣的人。」

「什麼？」

「可以到陰間的人。」

他隨手抄寫一個地址給我。

「你照這個地址去吧。」

當我來到中環郵政局時，閘門已關到一半，差不多要休息了。

前方有一個女生身影，正在詢問一個正忙著關門的大嬸。

「對不起，請問……？」

「明天請早吧，這裡六點關門。」

「我想問……這裡是不是有特別的服務？聽說可以寄一封信給死去的人。」

她遲疑半秒，才繼續把閘門拉下說：「那個人出門去了，妳明天請早吧。」

「……」

那個女生轉過身來，手上正拿著一封信，我認得她是……

「妳是董喬伊介紹的那個女學生？」

那個性單戀的愛打扮女生。

「我是有名字的！我叫張兒！」她扠著腰，不滿地道。

「妳怎會在這裡？」

「你又怎會在這裡？」

經了解後，才知道我們都是為著同一個原因前來。

「最快也要明天早上……」她聳聳肩問：「反正既然這

樣，你要一起吃飯嗎？」

「無所謂。」我說：「不過我現在還是不能接受妳的委託。」

「這麼小氣呀。」

張兒的家在灣仔的唐樓，打開門進去，漆黑一片，即使亮了燈，家裡還是陰陰沉沉，沒有生氣。

「隨便坐吧，姑姑這幾天也不會回來。」她說罷，就毫無儀態地攤在沙發上，玩著手機。

她好像是沒有父母的人。

我原先以為她說一起吃飯的意思，是在餐廳共進晚飯，誰料她把我帶回家。

到底誰會把一個認識不久的男生帶回家呢？

一回家，她就忙著自拍，跟全世界講她肚子餓……再放上 Instagram、Facebook 和 Snapchat。

「我現在才知道，發照片竟然可以治肚子餓耶。」

她撇下手機問：「囂張什麼啦，那你想吃什麼呀？」

「妳會煮什麼？」

「我什麼都不會煮。」她遞了數十張外送 DM 給我。

真是敗給她。

我走到廚房，用剩餘的材料開始煮一個雜亂炒飯。

過了不久，她跑到廚房說：「想不到你煮菜也有板有眼。」

「我只是不想餓死而已。」

她一邊拍我煮飯的照片上網，一邊問：「你跟學姐是怎樣認識的？」

「誰是妳學姐？」

「董喬伊呀。」

「喔……怪不得妳們會認識。」我把洗好的食材開始切塊，說：「她弄髒我的衣服。」

一邊煮菜的時候，我也順帶把我們的事告訴她。

「怪不得學姐對你有興趣，她一向喜歡奇怪的事物，也容易同情心發作幫人。」

「妳在胡說什麼？」

「別假裝不知道啦。」

我急忙轉開話題問：「妳有那麼多段關係，不會覺得累嗎？」

「反正他們都有其他女生。」

「嗯？」

「你太落後了，現在通訊軟體那麼方便，同時有幾段關係很正常。他可以在 WhatsApp 說愛我，然後在 Instagram 傳給另一個女朋友，再在 SnapChat 和曖昧對象談心。」

關係複雜得我都不知說什麼好。

「所以妳也是這樣？」

「我只是……當別人喜歡我後，就無法再愛上他。」

終於把飯炒好，她用手撥聞香氣，大叫好香。

「吃了這一碗飯能回答我一個問題嗎？」

「好。」她不假思索就吃了一口。

「那我問了。」

「嗯……」她急忙把飯往嘴裡送。

「妳是假裝有絕症？」

本來正急忙進食的她，就像瞬間被凍住一樣，整個人定在那邊。

「我沒說錯吧。」

「你怎麼知道？」她皺眉頭，埋怨道。

「因為妳不像將死之人。」

「那如何知道呀？」

「直覺。」我說。

她一切的反應都不像快要面對死亡的人，沒見過快死的人是如此快樂瀟灑。

「還有，我從未聽過 RA 是絕症，除非類風濕性關節炎也是絕症啦。」

「這個你也知道……那麼將死的人是怎樣呢？」

「這個不重要，為什麼要騙我們？」

她像洩了氣的氣球般道：「你說得對呀，我的確沒有絕症。」

「那為何要假裝有絕症？」

「我不是有絕症，我只是想自殺。」她攤在沙發上，幽幽道。

「為什麼？」

「人生好無聊呀，你不也是這樣覺得嗎？」她望一望手機，無精打采地說：「所謂的愛情、友情呀，總有一天會破裂……他今天說愛你，明天也可以變臉。就算成就再大，你雙腳一伸睡進棺材就沒有人記得啦；再多錢又如何，也帶不進棺材啊。」

一時之間，我發現自己語塞。

「你也是跟我抱有相同的想法吧？所以大家一起死也沒有問題吧？」她凝視我的眼睛說。

語塞的原因，不是因為她講得不對，而是與我的思想太相近。

可是，我又覺得有一點點的不對，卻無法說出是什麼？

「是吧？」她一再追問：「所以你應該能明白我吧？」

「我跟妳不同。」

她嗤之以鼻。

「你的作為跟自殺又有什麼分別呢？」

自殺……

「我是在幫人……」

「幫人？」她不屑地嘲笑，從沙發站起來說，語速越說越快：「從母親去世那天，姑姑要求我用媽媽遺產的一半繳房租起，我就明白，這個世界沒有『真心幫助』，因為世上沒有無條件的愛。男人愛女人，都是看中身材、樣貌、青春！女人愛男人的呢？權力、金錢、名望……最終都是虛榮和安全感，或是希望有人陪。沒有別人想要的條件，誰關心你？說到底，你也只是為錢而已。」

「來吧，為自殺者陪葬也未嘗不可？」

腦海又再閃出我不想面對的畫面……那痛苦的畫面。

那種手感……

那種痛苦……

「殺了我吧……」

「殺了我吧……」

「殺了我吧……」

「殺了我吧……」

我用力拍打自己的腦袋，忍不住劇痛地跪下……

從黑暗中再次睜開眼，看見的已經是董喬伊的臉。

「喝口水吧。」她遞上一杯清水，這時我才發現自己換上另一件衣服……手套也被脫下。

「我見你出太多汗，就擅自幫你換上另外的衣服了，不過放心，有用毛巾……沒有碰到你。」

「……咳……」喉嚨有點乾，我勉強發聲：「謝謝。」

「我教訓過她一頓啦，她會道歉……」董喬伊對著房門，提高嗓門說：「對不對？」

此時，張兒打開房門，一臉死灰道：「對不起……」

「不用，她沒有什麼錯。」

張兒說：「那我先出去嘍？」說罷，她就伸伸舌頭，逃之夭夭。

「如果你有什麼事想講，可以跟我說啊。」她放下水杯道：「我保守秘密可是非常厲害。」

「呵。」我假笑一下，她也笑起來。

她假裝拿著魔術棒施法術：「你不相信嗎？我是魔術師，會把秘密連帶痛苦都變走。」

「不相信。」我直截了當地說。

她嘟起嘴說：「你這個人……」

「還是多關心張兒吧，她沒有生存的意志。」

「當然啦，她可是我的學妹。」她把一旁的衣服拿給我：「你慢慢休息吧，我也會在這裡一段時間，明天不用上班。」

她臨出房門一刻，我開口問：「妳有殺過人嗎？」

「嗯？」

「妳有試過殺人嗎？」

「……我……沒有呀。」

「如果我告訴妳，我有殺過人呢？」

空氣中凝結著令人窒息的沉寂，就像當初我會見她的時候。

那是我初出道的事情。

時光倒退到幾年前。

當時的我，所接的客人都是患有絕症的，而她是第一宗另類案子。

我們相約在咖啡店見面，她是一個面色蒼白，柔弱無力，應該可以用吹彈可破來形容，感覺一碰到她就會粉碎。

「我有絕症。」

「妳身體很健康。」

「我對這個世界沒有希望，沒有希望的人，難道不是患上絕症嗎？」

她說，這是一種不治之症。

從她被數個男人輪暴過後開始，世界便成了黑暗。

「所有人都拋棄我，包括家人，還有相愛十年的男友。」她語氣平淡地說。

我拒絕接受她的生意，但她沒有放棄，之後兩三次也是如此。

直到，她來到我家門口。

那天，我完成生意，回到人間。

如常地撥打電話，如常地不通。

就在這時，她按下我家的門鈴。

她，似乎看穿此時的我，情緒最易被牽動。

「你不也是對世界絕望嗎？」

她雙手纏上我的脖子，靠近我的耳朵說：「你應該明白痛吧？沒有希望的未來是多麼黑暗，只有你可以幫我……」

她的手摸向我的身體，說的一字一句都像魔咒深入我的耳朵。

「可以嗎？」

我點了點頭。

我坐在客廳等她，她到廚房倒了兩杯水，說：「喝了水後會比較放鬆。」

喝過水後，她便脫下我的手套，將我的手放在她脖子上。

「只有這樣，生命才能獲得真正的解脫。」她說。

是嗎？

這也是我一直以來相信的信念。

應該是的。

「殺了我吧。」

當我開始用力勒緊她的脖子，施力按壓她的氣管和頸動脈。

人的頸部是非常脆弱的部分，卻異常重要，它連接身體和大腦，也是所有神經傳達必經之處，同時心臟供應血液到大腦也要經過頸動脈。

當我的手指、手掌緊勒著她的脖子時，我能真實地感覺到她的皮膚、動脈的彈動，彷彿能摸到她的氣管和甲狀軟骨……

很可怕的感覺。

她的臉部和眼睛開始血紅起來，腦部快要因為血液斷絕輸送而窒息。

「呃……」

「呃……」

「呃……」

她一直傳來痛苦的呻吟，我想鬆手，她卻抓緊不讓我放。

但她看著我的眼神……身體都像提示我……

放手。

我應該要放手。

就在此時，門外傳來巨響。

「開門！」

粗暴地幾下敲門後，便是一聲巨響。

門被打開，一個高大的男人衝進屋內，他狠狠地推開我：「你想對我的女朋友做什麼！」

他抱著她痛哭說：「對不起，我不應該這樣對妳，我知道這不是妳的責任！我們重新在一起好嗎？我收到妳的訊息就馬上趕來，不要再做傻事了！」

她的眼神不是喜悅，而是瞪得死大，手用力地抓緊他的肩。

幾秒後，她就口吐白沫，送醫後不治。

原來她怕我會反悔，在兩杯水中都下了毒藥。

在渡命橋上有一盞燈籠，印有她名字的燈籠。

「我……我不想死呀，還性命給我呀……」她抱膝痛哭。

「……」

「還給我！我想要回到他的身邊呀！我不想死！」她衝到我身上，抓著我的雙肩說。

「對不起……」我只能說：「世上最遺憾的事，就是生命不能重來。」

「我想要回到他的身邊呀……我現在不想死了……」

「對不起……」

我最後記得她問，為什麼只有我能生存下去。

我……也不知道，為什麼只有我生存下去。

我也不願意。

聽完故事後，水杯的水已空。

董喬伊只拍拍我的肩膀說：「都過去了，一定很難受吧。」

「謝謝你告訴我。」她說。

步出客廳，只見張兒一臉無辜地望著我。

「還生我氣嗎？」

「我沒有生過妳氣。」

對於張兒，我覺得我們和那個自殺的女人太相近，相近得有點害怕。

為什麼要害怕呢？明明理念相同，不應該開心嗎？

我也不明白……

「真的？」

我隨便找一個話題：「那天妳想寄信，是想寄給誰？」

她隨手拿起遙控器，打開電視說：「我的母親……」

她看起來不在乎，但我可以肯定並不是。

「妳母親很早就離世嗎？」

「我……只是有些話想跟她講。」

性單戀的人，好像有部分原因都是，從小缺乏家人的愛，漸漸不懂得去接受他人的愛，會覺得他人對自己好時感覺不太習慣。

「妳母親是……」

她說了一個讓我頗為驚訝的名字。

在這間裝潢富麗堂皇的餐廳裡，一杯清水賣過百元、一盤不怎麼樣的義大利麵賣數千元，在外面的市場是難以想像，不過經濟從來只講需求和供應，對有錢人來說，有優質的服務和舒適的環境，才是更大的考慮因素，或許也是身分的象徵。

反正這些都是我不明白的事情，如果不是思高，我恐怕這輩子都不會來這家餐廳。

思高的臉色比上次差了不少，感覺蒼白無力。

「上次叫你辦的事如何？」他一邊品嘗義大利麵一邊問。

「郵局方面說，服務只提供親人關係使用。」

他拍一拍自己的腦袋說：「好像是……我又忘了這方面……果然人老就是沒有記性……」他喝了口水，嘆道：「唉……始終。」

「其實有些事我不太明白，上次你提到她的時候，我感覺你對她印象也不太好。為什麼這樣執著？」

「我是恨她，我希望她知道我很成功。」他放下刀叉說。

「應該不止？」我問。

為什麼人到中年，還是對以前的關係念念不忘，一切都已經過去。

「崔先生，你有談過戀愛嗎？」

我搖搖頭。

「初戀，從來都是一種混有複雜情感的關係。」

恨，又說不上；愛，又不敢再重蹈覆轍。

就是徘徊在愛恨之間，曖昧又模糊不清的情感。

時間倒回數十年前。

思高由白髮蒼蒼變回一個青春少年，揹著書包，正和前方的女生追逐著。

「還給我呀！」

那個少女彷彿沒有聽到他說的話，一邊跑著，一邊拿著一本書唸道：「『山無陵，天地合，乃敢與君絕。大概是得之，就一生無憾的事。』這些是你昨天寫的？」

到達校門，思高一手搶回書本，臉紅耳赤地說：「又來！我告訴過妳幾次了，不能偷看我寫的東西！」

「好東西就要分享一下，大方一點啦你。」

「不要。」

「你中午來美術室找我，我不像你有好東西不會分享。」

思高中午的時候，捧著自己的便當盒來到美術室，剛好室內空無一人。

他來到她的畫前，畫的是一片海灘上，天空烏雲密佈、大雨滂沱，一隻大象和一隻小狗坐在木椅上，大象在為身旁的小狗撐傘。

他被細緻真實的畫風吸引，看得目不轉睛。

「怎樣？這次好像畫得有點差。」她一進美術室就看見他。

「不會呀。」他真誠地說，然後舉起便當盒道：「我帶了飯給妳。」

「又有雞翅嗎？」她像一隻活潑的小狗衝過來，只為了食物。

她最喜歡他母親煮的雞翅，每次他都會故意叫母親煮多一點。

「她又煮多了。」

「沒關係，我可以幫你清光呀。」她已經夾了一隻雞翅，放進嘴裡啃呀啃，一臉享受的樣子。

「反正就是多了。」他雖然這樣說，心裡卻樂得很。

他們偶爾就會有一天在美術室吃飯，因為她畫畫太忙，經常會忙得飯都忘記吃，他就會帶飯來到。

這是思高的秘密。

她拍一拍他的肩膀說：「果然是我的好朋友呀，幸好有你思高，不然我就餓死了。」

他鬆開她的手說：「誰是妳的好朋友呀？」

「怎麼了？害羞嗎？」

他露出不滿的表情說：「妳才害羞。」

任誰都知道他生悶氣了，只是不知道為什麼生氣。

大概她也不明白，他是真心不喜歡她稱他們是好朋友。

因為，他不覺得他們是好朋友，也不希望他們是好朋友。

每當他發脾氣，她總會大惑不解。

「你生氣了嗎？」她拍拍他的背。

「沒有。」

「我還可以吃雞翅嗎？」

「隨便！」

她不敢亂動，只是瞪著無辜的大眼睛、扁著嘴。

「妳明白嗎？」

「……嗯……？」

「我不想成為妳的好友。」

「……」

這次，他終於轉過頭來。

「我不想成為妳的好友。」

「……」

「妳的回覆就是這樣嗎？」

「我……」

「沒事了。」他收拾好便當盒就準備離開。

她拉著他的手，說：「你……生氣嗎？」

「沒有。」

絕對是謊言！

他準備離去時，她再度說：

「你……可以給我一點時間考慮嗎？」

最終他們的戀情還是幾個月就告吹。

毫無預兆、沒有預期，突如其來的，她就對他提分手。

自尊甚高的思高，再沒有找過她，也沒有理會她。

時間回到現在。

「沒有可能，一定是她喜歡上別人，一個比我更好的人，你說對吧？」思高搖搖頭，嘆息說。

「……我相信我的意見不準確。」

「應該是其他更優秀的人，如果不是，怎麼會突然之間分手，不可能……不可能……」

這就是他一生的動力，為此上進，變成最優秀的人，證明她當年的選擇是錯的。

好像不少情侶最後都是這樣。

我倒是不明白這種心態，不過我知道思高一生都沒有另娶他人。

「你知道我的病現在有一種新的治療法嗎？」

「喔？」

「在美國，不過我的人生能活到這時就算了吧。」

思高一生彷彿在為鬥氣而活，現在失去目標，也沒有生存的動力。

「你不能接我的生意，就是因為這個狗腿首長？」張兒突然冒出，讓我們倆個都不知所措。

「她是誰？什麼狗腿！？」

「罵你有錯嗎？做官做到跟狗一樣，為討好上層搖尾乞食的狗。」

「妳！」他大怒，拍桌站起。

「有說錯嗎？」

「她是誰！？」

他們兩人的相遇使我非常頭痛，事實又讓人難以啟齒。

「她是……」

「慢著，難道說……她是我……」

「不可能，年齡不對。」我馬上斬斷他虛妄的想法，他們相戀已是三十年前的事。

「也對……」他立即就弄清自己愚昧的意念，變回厲聲說：「那她到底是誰？」

「她的確是你初戀情人的女兒，只是不關你事。」我這樣說，好像有點直接。

他的表情由嚴肅變為疑惑。

「真的？」

張兒則一臉不爽地說：「關你個狗官屁事呀？」

「怎麼妳跟妳母親完全不像？」他皺眉道。

「你認識我媽？」

「當然，我是她的初戀情人。」

「我媽跟你這個人渣談過戀愛？」

「我是人渣？」

「要不然呢？做事虎頭蛇尾。」

「我哪有？」

「怕得罪大官！」

「我凡事依法辦事而已。」

「你怕得罪大商家！」

「平衡各方利益！」

「現在就是不平衡呀，全倒一邊。現在環境困難得什麼也做不了，這是連我也知道的事，你羞不羞恥？我為我母親跟你談過戀愛感到羞恥。」

張兒隨手拿起桌上的義大利麵扔向他。

這是第幾次？

她怒氣沖沖走人，留下我們二人……

「崔六雲。」

「嗯……？」

「我真的那麼差勁？」思高認真問。

「……」

他摘下眼鏡，用布抹著說：「我肯定這是她的女兒，因為兩個人都一樣脾氣。」

一樣的火爆嗎？

「你能為我們引見嗎？我想再見她一面。」

董喬伊說，張兒一不開心，就會躲到她母親畫畫的工作室。

應該說是她遺下的工作室。

董喬伊帶我和思高來到某一處工業大樓，按下門鈴，打開門正是一臉倦容的張兒。

「怎麼來這麼多人？又是你這狗官？來幹什麼？」

裡頭是狹長型的格局，擺滿數之不盡的畫架，都是用白布蓋著。

思高一邊走進室內，拉開布細看每幅畫，一邊問：「妳……母親生前有沒有提過什麼？」

「什麼？」

「有沒有提起過我？」

「偶爾電視上在罵你時，她會說你是身不由己……喔……怪不得她當時會這樣說。」

「沒有其他了嗎？」

「還有什麼？」

他停在一幅畫前。

「這……」

「這是要送給她的最好朋友，紀念他們之間的友誼，不過他們好像絕交了……因為她對他做了一件錯事，畫送不出，她就一直放在這裡收藏。」

他掀開白布，是那幅一隻大象為小狗撐傘的畫。

「她說這是她人生最後悔的一件事。」

「她後悔什麼？」

「我怎知道呢？」

他望見桌上的筆問：「妳要寫信給妳媽媽嗎？」

我記得，不久前她已經寫好信要拿去寄。

「是……我在想有什麼話要說，太多東西想講，畢竟只能寄一次。」

「能不能拜託妳一件事？」

思高在這事之後，偶爾會去工作室探望張兒，有時會帶上晚餐，有時會帶上練習簿。

「妳又吃麥當勞，這些東西不健康呀，我買了飯給妳。」

「關你什麼事呀阿伯！」

「妳的數學很差，讓我來教妳吧。」

「要你管！」

他們兩人總是會火星撞地球，可是每一次，張兒嘴巴雖硬，但最終都會聽他的話行事。

「妳的父親呢？」

「從我出世起就沒見過他。」

聽到這話後，思高去探望張兒的次數變得更加頻繁。

不過吵架的次數沒有減少過。

董喬伊說，他們比父女更像父女。

我也是這樣認為。

直到，張兒的信終於修改完成，也成功寄出了。

「這是妳的回信。」一個穿郵差衣服的男生來到工作室，遞上一封信給張兒說：「規矩上是不可以，因此這是唯一一次的回信，不要跟其他人說喔，包括前首長也是。」

這就是能送信到陰間的郵差？

當他離開後，我追出門外，他正等著電梯。

「我能問你一些事情嗎？」我開口問那個郵差。

「嗯？」

「人死後，是不是會經過一道橋，通過橋到底要去哪裡？陰間？」

「對，陰間就是人生的下一站。」

「陰間……到底是一個怎樣的世界？是不是可以安息？」

他微笑地問：「人間不可以嗎？嗯……確實，陰間是一個平靜的世界。」他望著我的眼睛，看得很深入似地：「不過，如果是想逃離人間的人，大概也不會喜歡陰間。」

「……」

「我叫南門亮，有需要再找我吧。」說罷，他就坐電梯離開了。

回到房間，思高他們正讀著張兒母親寄來的信。

前大半，大概是叫張兒要努力下去，善待姑姑的話。

後一小半，是回答張兒替思高問的問題。

到底……她後悔什麼？

這是信的下半部一小段節錄：

「…………所以妳要加油。至於，妳問我的那個問題……是不是妳近來遇上什麼對象呢？記住呀，對感情要認真，不要隨隨便便就開始一段關係，因為這會對他人造成莫大的傷害。

曾經，妳的母親我，有一個很要好的朋友，可以把什麼事都跟他分享，他也對我很好，怕我餓就找藉口帶飯給我（雖然他總以為我不知道），也會幫我討公道。

無論在我多困難時，他都會陪伴我，無論多大雨，他都會像一隻大象為我撐傘擋雨。

他是我的好朋友。

只是，當他跟我告白時，我才明白，其實我們之間不只是友誼，還夾雜一些東西，但我竟然不自知。

當時，我好害怕他會生氣，好害怕失去他這個好朋友。我在想，也許能慢慢相處培養感情。於是，我答應了他的追求。

人生中，我最後悔的事，不是跟他分手，而是跟他展開了這段關係。

幾個月的相處中，我明白我們是不可能在一起的。

我喜歡跟他一起，喜歡跟他逛街，我也很愛他、重視他……但這種關係的愛，它的來源不是愛情那種愛，而是朋友的愛。

喜歡跟他一起，是由於我們是朋友的關係，因此關係一錯，所有的感覺都錯。

我以為可以培養，但原來……友情就是友情，朋友就是朋友，中間跨越愛情那條線，變為戀人是非常困難。

再這樣下去，就是痛苦的延續，因為我不是用愛情的愛愛他，對他是不公平的，倒不如早日離開。

當跟他說分手的那日，我在房間獨自哭了兩天，把妳外婆也嚇到，因為我知道自己將要失去最好的朋友。他以為我是另有新歡，不過再解釋他也聽不進耳。

如果當初我做得好一點，處理得好一點就不會這樣了。原來被自己愛的人討厭和誤會，是如此心痛。

直到我死的那天，還是沒能跟他和好，當初畫好的畫，也沒能送出……大概也是我這生的遺憾吧。如果能寄信到過去，我一定會叫停那個愚笨的自己。

他是一個好人，你們倆能相見真是太好了，也希望他能收到我的畫，我一直都在幻想，他收到我畫的畫時，那個靦腆的笑容呢，可惜不能。」

這是我第一次中途取消合約，不需要陪葬。

「對不起，崔先生，浪費你那麼多時間，費用我會加倍的。」

思高決定去美國嘗試新療法，希望延續自己的生命。

「我一直都做了不少錯事，無論對人還是對這個城市，都沒有盡遮風擋雨的角色，所以我想補償。」

他臨走前對張兒說：「我不會死，所以妳也要努力地生活。我回來後，再來照顧妳，也會繼續做一個好官。」

「誰稀罕你照顧？」

雖然她這樣說，但當思高的飛機緩緩消失在夕陽間時，她仍望著遠方的太陽，依依不捨般。

「妳不用打卡給妳的男朋友們知道嗎？」

「全部都分手了。」

「喔？」

「我覺得……我暫時不需要他們。」

「為什麼？」

「因為……有學姐你們嘛……」她忽然轉身抱著我們。

離開機場時，我問董喬伊：「為什麼他會取消合約，轉為求生？」

「你不明白嗎？」

「不明白。」

「因為他知道，她一直愛著自己，只是不是預期那種愛……但也是愛呀。」

我想起，思高讀信那日，痛哭流涕的樣子。

「這樣就會有求生意志？」

我對張兒的改變也感到莫名其妙。

「人可以很脆弱，也可以很堅強，你真的一竅不通嗎？」

「嗯。」

「看來我要給你來個大改造。」她目光中不懷好意。

※ ※ ※

星期日，本來完成手頭上的工作，我應該可以休息一段時間，但今天還是被排滿行程。

正確點來說，是這三天。

一大早，就看見董喬伊拖著一個大行李箱，一身白T恤黑長裙。

「這陣子我有一個表演和教學班。」她說。

「好，那非常好。」我正準備回家倒頭大睡，她卻一手拉住我。

「你也要來呀。」

嗯？

又來？

她看穿我的想法：「放心啦，這次不用穿兔女郎的衣服。」

董喬伊是到一家孤兒院表演，路途遙遠偏僻，車程也花了不少時間。

「獎金很豐厚？」在駛去的車途上，我好奇地問。

「嗯？」

「不然帶那麼多器材去如此遙遠的地方？」

「沒有錢收的，他們哪會有多餘的資金。」她說得輕鬆。

「義工？」

「也……勉強算吧。」

「妳一定有許多時間和錢。」

「誰告訴你我有錢，你真的以為我這種沒名氣的魔術師會賺錢。我大部分時間都要兼差呀。」

「看來妳真的很喜歡魔術。」

「一半啦，還有另一半原因。」她故作神秘地說：「反正香港不少人都是日間上班，然後熬夜堅持做自己喜歡做的事。這個城市就是這樣。」

「我從小到大都不喜歡去這種地方。」

「為什麼？」

「因為只是利用別人的不幸，去襯托自己幸福。當看到別人過得這麼糟糕，就會覺得自己人生其實也不壞，從而獲得心理平衡。跟『你看非洲的兒童沒有飯吃，自己該感恩』的心態一樣，做義工就是這麼虛偽的一件事。」

「真的嗎？」她反問，似是不同意我的看法，卻沒有什麼反駁之言，繼續輕鬆地哼著歌。

轉眼間，我們便到達目的地，那是一家外牆塗滿七彩顏色、畫有各種卡通人物的孤兒院。

「哇！是董姐姐！」

「董姐姐！糖呢？」

我們剛進門口，已經有一群瘋狂的粉絲簇擁過來，我差點以為自己在護送韓星表演。

「小草妳又長高了呀！」

董喬伊一個個摸著他們的頭，我則呆站在原地。

「你怕小孩嗎？」

「……」

這群惡魔一個個扯著她的衣服。

忽然間，我的衣襬也被人拉扯一下。

一個十歲左右的小女孩，綁著長馬尾，有一雙圓圓的大眼睛，用天真無邪的娃娃音問：「這咖是誰呀？」

「喂！小薰，我不是說過說話不能這麼粗俗嗎？」董喬伊說。

「這傢伙呢？」

「也不對。」

「為什麼他要戴著手套？」那個叫小薰的女生想把我的手套脫下來，我馬上縮起手。

「不能碰！」

大概是我過於緊張的關係，語氣強硬得自己也沒有注意到。

她扁嘴，一臉想哭的樣子。

「嗚⋯⋯」

「呃⋯⋯對不起。」

她忽然變臉，向我吐口水，伸舌頭瞇眼說：「我不喜歡你！」

我也不喜歡小朋友。

「有看到球嗎？跟我一起唸⋯⋯ 媽呢媽呢空。」董喬伊拿著一個橙色氣球，左手用黑布一遮，就變成一個足球，馬上掌聲如雷。

董喬伊的表演還是一如以往受小朋友的歡迎，即使再多次，我還是看不出她魔術的奧秘。

「教我教我！」

表演一結束，整群惡魔又圍著她，東拉西扯地，但她卻笑得很燦爛。

「董姐姐，剛才那個是怎樣變的？」一個小女孩問。

「我不告訴妳呀。」董喬伊點一點她的鼻子笑說：「開玩笑的啦，一會兒教妳。」

「奇怪的大叔。」那個沒禮貌的女孩又不知何時出現在我身旁。

「妳才古怪。」

「我不喜歡你。」

「我也不喜歡妳。」

弄了一大輪，董喬伊今天的教班和表演終於告一段落。

「今天如何呀？」回家的路程，她問。

「不怎麼樣。」我回答。

「不要緊，還有兩天的時間。」她閉上眼休息。

「明天和後天也要來？」

「當然，我答應了他們！」

「又不是我答應⋯⋯」

她打了一個大呵欠說：「眼皮好重⋯⋯」

「是妳自找的。」

「你⋯⋯失去了思高這個客人怎麼辦？我的意思是，你們的死期仍是⋯⋯」

「只要在限期前找到另一個客人就可以。」

所以妳不要再耽誤我找下一位客人。

她托著頭，一直死盯住我。

「怎麼了？」

她這才移開視線說：「沒有⋯⋯你果真是因為想死才做這份工作嗎？」

「是⋯⋯」

「對人生的看法這麼絕望嗎？」

「談不上絕望，只不過也沒有什麼希望。我在這個世界上，應該等同一個死人。」

「你沒有一件想完成的事嗎？」

這問題似曾相識，我也曾經問過軒仔。

「沒有……」

「沒有喜歡的東西嗎？錢？明星？興趣呢？」

我搖搖頭說：「我對這一切都提不起興趣，也沒有什麼會特別喜歡。所以當身邊的朋友都談論什麼明星、影集或一起打籃球……一概無興趣的我總是顯得格格不入。曾經有一段時間對屍體有興趣，只不過那都是我為了研究自己的死法，算不上什麼真正的喜歡。」

大概他們將我當成一個怪人。

「沒有喜歡的人？」她認真地問。

「曾經有一段好喜歡的關係，只不過那個人……已經死了。」

「死了？」

「其實，我們只是朋友。會彼此分享自己的秘密，她知道我是一個有問題的人，我也知道她最深的秘密。」

「這樣……很好呀。」

「可是她死了。」

「死了？」

「在我十歲那年急病去世。從此消失人間。」

這些都是我不想再提的事，一直以來我都覺得難以對人啟齒，把它一直放在心裡面便好……但是不知道為什麼在她面前，總是容易把心底話說出來，我猜不透這是我改變了，還是她有一種魅力，讓人傾心吐意。

夕陽西下，影子開始遮蓋半個城市。

許多人都覺得，夕陽帶有一點悲傷的味道。因為日落代表一天的結束，有終結的意味。

但為什麼結束就是悲傷呢？

董喬伊疲倦得倚著車窗而睡。

臨睡前，她朦朦朧朧地說：「崔六雲……我覺得你並不是一個死人。」

第二天來到孤兒院，一切也如常，孩子們如常熱烈地迎接董喬伊，如常包圍著她。

那個叫小薰的女生還是一臉嫌棄、像看見什麼奇怪鼻涕生物的眼神說：「怪人大叔。」

我回應道：「死小孩。」

還是如常的火星撞地球。

這天董喬伊穿得很輕便，就只是條紋衫加長裙，沒有帶她的「魔術箱」。

「哎呀，我沒有說今天不是教魔術嗎？」

「沒有，那今天是幹什麼？」

「郊遊呀，生態教學。」

「喔……」

「你也要幫忙呀，我早就約你了。」

蛤？

所謂的郊遊，也只不過是到附近的動植物公園旅遊一番，其實也沒有什麼大不了，只要不是拖著眼前這個死小孩。

為何我們會編排在同一組？

「為什麼我要跟著你？」她用極度不情願的語氣說。

「我怎知道。」

「因為怕妳會走失呀，這樣會有危險。」董喬伊解圍。

「跟這個來歷不明的手套大叔一起才危險吧。」

「妳以為我願意嗎？」

「好了好了，我們要進去啦。」董喬伊把我們的手強行牽在一起。

我有預感，早晚我們這一組會出事。

大家都在歡歡喜喜地暢遊時，只有我們兩個在角力。

她往東走，我往西行，手在互相拉扯。

「怎樣。」

「跟大隊走呀！」

「這裡的標示是靠右走呀！」

又可以吵至天亮。

不過當然，我是大人，她是一個小女孩，論鬥力她是鬥不過我的。

深入公園內部，開始要玩一些遊戲時，就真的出事了。

「這份表格妳還沒填嗎？」我問。

我們被分發一張任務單，最主要是各組各自去找題目中的動物，然後填回相關的一些資料。

「你想填可以自己去。」她說，然後百無聊賴地望著大湖。

「零分又不關我事。」

「你很討厭。」

「多謝讚賞。」

「不跟他們一起也無所謂？」我見各組已經開始出發去

尋找動物，完成任務單，我們還是留在原地。

「我肚子餓了。」她只回答。

「……」所以我才討厭小朋友。

「我在這裡等你。」

我到雜貨店隨便買了一個三明治和一瓶水回來，她吃了一口，就扔在地上。

「這……是什麼！？」她像吃到什麼垃圾食物。

「即使不好吃，妳也不能這樣浪費食物。」

「雞肉三明治？」她呆滯地望著地上的三明治問。

「對，又如何？」

「我討厭……討厭雞肉……」

「討厭也不能這樣，把它撿起來吧。」

「不！」

「撿起來。」

「我不要！不要！壞人！」她哭著跑走，而我只感到莫名其妙。

當我四周去尋找都找不到她的蹤影時，我才知道她消失不見了。

「她不喜歡雞肉三明治是有原因的，我應該提早跟你說清楚。」

董喬伊一臉內疚地說，我們在園內兜兜轉轉，希望盡快尋回她。

「是什麼原因？」

「她……父母死去的那一天，吃的正是雞肉三明治。」

※ ※ ※

「小薰，今天去郊遊，我做雞肉三明治給妳吃好不好？」小薰的母親綁好圍裙，摸摸她的頭問。

「好呀！」她興奮地說，坐在餐桌上踢著小腿等待。

當母親端出三明治來，小薰剛好咬了一口三明治時，帶有鐵鏽味的血，就濺上了她的眼睛……還有雞肉上。

「賤人！又想出去會姦夫對不對！」

她只見本來和藹可親的父親，眼神變得兇狠，猙獰可怕，他拿著廚房的菜刀，斬砍著母親的脖子。

母親倒在桌上，手失控顫抖，面色漸漸蒼白。

母親就這樣死在她面前，父親回復慈祥的臉抱起她……

「沒事了，很快就沒事。」

她似乎意識到將會發生什麼，死扯著母親的衣尾不放。

她失禁了。

父親呆愣良久，才放下她，一個人跳出窗外自殺。

終於，我們在一個水池發現了她，她正在池中心。

我跳下水把小薰救起，她整個人都變成落湯雞。

「妳沒事吧？」董喬伊緊張地問。

她搖搖頭。

只不過怕她身體濕掉會著涼，我們兩個人就先送她回孤兒院。

回到孤兒院，小薰就進浴室開熱水洗澡，在她洗澡時，董喬伊說：「你不要再氣她啦，她只是一個小孩。」

「我沒有呀。」

「真的？不會覺得麻煩？」

「你們的廚房在哪裡？」我問。

「嗯？你肚子餓了嗎？在家舍的左邊。」

大概是為了營造家庭的感覺，他們會稱自己的院所為家舍。

我拿起一包公仔麵，等水開了就煮。

「有肉罐頭嗎？」

董喬伊呆在一邊，聽到我說話才驚醒：「喔……有呀，在冰箱側邊，我拿給你。」

「她還沒吃飯。」我回應她剛才的問題。

煎好肉罐頭和公仔麵後，小薰剛剛好洗完澡出來。

我捧著麵說：「其實我也不喜歡雞肉三明治，」然後從褲袋拿出三明治扔掉說：「以後也不吃了。」

她眼睛有點紅，只是嘴巴仍然倔強地說：「公仔麵和肉罐頭，最不健康。」

果然是死小孩。

但她依舊吃得很開心。

董喬伊只在一旁偷偷地笑著。

之後，我們玩了我最不擅長的大富翁、不擅長的大老二、不擅長的抽鬼牌，和不擅長的捉迷藏。

當然是全敗。

「你真的很廢。」小薰說，只是笑逐顏開。

「你今晚不如留下？我們明天早上就走啦。」董喬伊問。

「留在這裡？」

「反正有多的床位。」

「你……就留下吧。」小薰這次摸著我的手說。

當晚又大戰一輪後，這個小女孩終於耗盡她所有的精力，倒在床上大睡。

望著她睡得甜美的臉，董喬伊說：「其實我沒有在可憐他們。」

「嗯？」

她摸著小薰的臉說：「你最初說我只是在可憐他們，尋找優越感。但我從來不覺得他們是一群可憐的人。他們仍然努力地、快樂地生活下去，每個人的人生都不一樣，我不會說自己的人生比他們好，就像我也不覺得自己會比非洲的人幸福，因為幸福是主觀的。只不過，是他們這一刻比我更需要幫助，哪怕有一天會輪到我。」

「對不起，我為我說過的話道歉。」

因為我相信她所說的話。

「就是這樣啦……」她呼了一口氣：「今天真的好累，

對不起又跟你說些奇怪的事。」

氣氛又陷入寂靜。

「如果……我跟妳說一些更奇怪的事呢？」

「嗯？」

她應該是值得信賴的人。

「如果，我跟妳說……我發現自己早就死了，妳會怎樣？」

她被我這道突如其來的問題嚇到，遲疑地問：「早就死了的意思是……」

「就是字面的意思。」

「也就是說……你不是人……是鬼？」她下意識咬緊嘴唇和牙根。

「不是，我是人，但也確實死了。」

她皺著眉頭，搔搔頭問：「我完全不明白，好混亂，那到底是怎樣？你不是一直想死嗎？但你又說其實你已經死了，可是你還好端端地站在我面前，卻又不是鬼？你又說你是人？可不可以說清楚一點？」

我瞄了一眼正在熟睡的小薰，然後說：「這裡不方便說話，我們出去說吧。」

※ ※ ※

大概是在郊外的關係，夜空滿是一顆一顆的星星，在各自的位置閃耀著。

我們走出了家舍，來到戶外坐在地上。涼風徐徐，吹得園內的鞦韆徑自搖動。

「我小時候曾經發生過一件奇怪的事，就是那件事讓我發現我的家族遺傳病是什麼。」

「嗯……」

「當時的我，出席外公的喪禮。意外地……也不算意外，是我故意碰到他的手，就在那一刻我死了，這是我人生的第一次死。但不知怎地，我復活了。這段記憶很模糊奇怪，我也只能用奇怪來形容，因為錯亂不堪，直到我再次醒來，我發現自己的世界完全改變，包括父母離異，而更奇怪的是，死去的外公居然隨我復活，變成由外婆代替我死。」

我從未對其他人講過，因為實在太怪異，也沒有人會相信。我一直小心留意董喬伊的反應，她只點點頭表示在聆聽，沒有其他多餘的反應。

「也是最近，我發現當年外婆的棺材中，有一個小孩的屍體。我當時已經有不好的預感，拿去給人化驗後，得出來的結果出乎我意料，但也在意料之中。」

「你說的是小孩屍體？」

「對，那是我的屍體。」

我想，世上有許有古怪的事都無法解釋，但最古怪，莫過於自己原來早已經死去這個事實。

「你……親眼目睹嗎？」

「嗯，而且化驗結果證明是同一個人。」

「怎麼可能……會有兩個你？」

我也不知道。

「我不敢跟家人提及這件事，因為我怕他們會胡思亂想，也會擔心。」

「所有的事全由你一個人扛，不累嗎？」

「我已經習慣了。從小到大我都是一個人，什麼事也是一個人面對，早就習慣了。」

「才不是呢。」

「嗯？」

「你才不是一個人。」

我想起了小衣。

「所以你才對這個世界如此地絕望嗎？」

「我只是覺得，人早晚也要死。妳有聽過一個關於旅行者的故事嗎？」

她搖搖頭。

繼軒仔之後，我又再度陳述這個故事：

「從前有一個旅行者，他在草原上遇到一隻兇猛的野獸。

為了躲避野獸，他跳進一個枯井，只是枯井的底部，還有一頭龍伏在井底。

上有野獸，下有龍張著大口準備吞噬他，他進退不能。

他只好緊緊抓住從井壁生出的一根野生樹枝，吊在半空中。

而這時，他看到兩隻老鼠正在啃噬樹枝，樹枝若斷了，他也將要掉下去。

他環顧四周，竭力想找到其他可攀附的東西，可一無所獲，只發現在樹枝的葉子上有兩滴蜂蜜，他湊過去，伸出舌頭舔蜂蜜。」

她沒有說什麼，我便續道：「老鼠是時間，龍是死亡，蜂蜜是快樂。我們終其一生都逃不過死亡的劫數，最終都歸入塵土，在這之前的一切快樂和開心、你擁有的一切、你珍惜的關係都是虛幻的，因為有一天都會終結，如煙一般的消失，無可避免。」

「嗯……」

「我不想變成無知的人，不知道龍和獸的存在，只顧舔眼前的蜂蜜就好，也不能單純地等待被吃，倒不如自己出手。」

「你……其實才是最怕死對吧？你才是最害怕失去的人。」她問。

「……」

「我想，就算我知道龍和獸的存在……」她笑說：「我應該會在樹枝上吃蜂蜜和唱唱歌。」

「為什麼……？」

「嗯……是不是會終結的東西就是虛幻？存在過還是存在呀，即使會失去。正如我跟你或許有一天會不再相見，但此刻我對你的感情仍然是真……舉例呀……我是指舉例……我跟你一起很開心，我好喜歡你，即使將來會變，但這一分這一秒……我的心情就是喜歡你、就是很快樂，沒有人能改變。」

「這樣的生命，真的有意義嗎？」

「嗯……」她抬頭望著星空，忽然想起什麼似地問：「你有看過《銀翼殺手》嗎？」

「我對電影沒興趣，但……有看過。」

是因為外公說這部電影太經典，逼我們全家一起看。

「你記得複製人 Roy Batty 在雨中的最後一句對白是什麼嗎？」

「……」

「他說：『I've seen things you people wouldn't believe. Attack ships on fire off the shoulder of Orion. I watched C-beams glitter in the dark near the Tannhäuser Gate. All those moments will be lost in time, like tears in rain. Time to die.』」

「……」

「他說：『所有這些瞬間都將流逝在時光中，正如眼淚消失在雨中』，這就是他比人更像人的地方，大概因為他明白了，生命的意義，或許不是在於時間的延續，而在於瞬間散出的光彩以及生命帶來的一切感性體驗。」

在這星空中，我好像找到最閃耀的兩顆星星，就在我的眼前。

「我……找不到任何光彩。」

「崔六雲。」

「嗯？」

「如果我是你的光彩呢？」

現在這種是什麼情感呢？

董喬伊篇

彷彿回到我和小衣一起的那個年代，有一種莫名其妙的暖流從腳底湧上內心，再流到大腦和全身。

那是我活這麼多年，少有經歷的感覺。

能給我這種感覺的，除了小衣之外，就只有董喬伊。

只是，一切都來得太奇怪。

我覺得不應該是這樣。

「我不習慣世界有色彩……」

「喔……是嗎？」

我避開她失望的眼神，起身拍拍自己的褲子說：「我有點睏，先去睡啦。」

「……好呀，晚安。」她也站起來，還是如常地笑著。

對不起，我只是好害怕這種感覺。

而且，不知道為何，我覺得自己再次出現這種感覺，除了不太習慣外，更重要的……好像是對小衣的一種背叛。

奇怪至極的想法，卻在我的腦海出現，但又無法解釋。

「晚安啦，崔六雲。」

她仍舊留在原地。

「嗯，我想晚一點才睡。」

「那……晚安。」

這一晚，我徹夜失眠。

清晨醒過來後，董喬伊就教他們最後一堂的魔術課，結束後就是我們離開的時候，也結束這三天的行程。

這三天真的有改變什麼嗎？我也不知道。

在她教學的時間，我在一旁看著新聞。

「警方現正追查在深水埗區的一起兇殺案，死者是一名獨居的長期病患老人，被人發現倒斃在樓梯間，初步鑑定是被硬物擊中後腦致死……這已經是本月第三起命案，外界質疑這是無差別的殺人案，警方認為三名被害者均無明顯證據顯示有關聯，案件正交由西九龍……」

關上電視，董喬伊也回來了。她好像已經完全沒事，彷彿昨天什麼都沒有發生過。

「我好了。可以走了。」

小薰這次拉著我的衣袖問：「你會回來吧？」

「你會再回來看我嗎？」

「會呀。」我摸摸她的頭說：「我們會一起再回來看妳，下次再一起玩吧。」

「嗯……好呀！」

這是我們的約定，最後的約定。

離開院舍後，準備坐車回程時，我對董喬伊說：「妳先走吧。」

「怎麼了？」她不解地問。

「我……想在這裡多逗留一會，慢慢走回市區。」

「喔……」她挑起眉頭問：「你認得路嗎？」

「嗯，認得呀。」

「那該怎麼走？」她挑起眉頭問。

「前行再左轉就是……」

「接著呢？」

「坐巴士。」

「喔？不錯喔。那你要坐幾號巴士？」

「呃……」

「是 1 號嗎？」

「啊……對。」

「你當這裡是尖沙咀呀？」

「……」

「別用你的愚笨方法了。我不會介意，你上車啦。」

「……」

我覺得她總是能看穿人心，我只好硬著頭皮上車。

乘著車時，她一邊聽歌，一邊輕哼著。

「妳在聽什麼？有這麼好聽嗎？」我好奇地問。

「你不聽歌的嗎？」

「很少聽，沒什麼興趣。」

「你這個人……到底有什麼興趣？」

「就跟妳說我沒有太多喜歡的東西。」

她把一邊的耳機給我。

「聽吧。」

她見我沒有反應，直接塞進我耳朵。

裡面正播著一首日文歌。

起初我是抗拒的，但聽著聽著，又覺得……

我不懂日文，只是覺得……挺不錯的。

明日 今日より も好きになれる

溢れる想いがとまらない

今もこんなに好きでいるのに 言葉にできない

君のくれた 日々が積み重なり
過ぎ去った日々 2 人歩いたキセキ
僕等の出会いがもし偶然ならば運命ならば
君に巡り逢えた それってキセキ

2 人寄りそって歩いて 永久の愛の形にして
いつまでも 君の横で笑っていたくて
「ありがとう」や Ah「愛してる」じゃ まだ
足りないけど せめて言わせて「幸せです」と

いつも君の右の手のひらを ただ僕の左の手のひらが
そっと包んでく それだけで ただ愛を感じていた

當時的我，只知道是日文歌，卻不明白歌詞的意思，但董喬伊卻說，這是唱出她心聲的歌。

「每當很絕望時，就會想起這首歌。」

當然，我也沒有太在意，只是點點頭認同，沒有真的去深入了解。

因為我覺得日子會繼續如常。我不以為意，然兒窗外的天氣，有一朵烏雲已經漸漸遮蓋太陽，突如其來的暴風雨又來得如此急促，當年的真相也慢慢接近我們。

「崔六雲，我們一起吃飯吧！」

每個星期一、三和五，董喬伊都會約我一起吃午餐。

她喜歡約在鄰近她兼職公司的一間麵店，那是一間馳名吃魚丸河粉的店鋪。

不知為何，只要提起吃的事情，她就會非常高興。

我有想過推辭她的約會，但我既不會說謊，又想不到藉口。

所以每次都只能赴約。

「也不對嗎？」她問。

「不對。」嘆了一口氣，我在筆記簿上刪去腦癌和陳先生。

「借我看看，」她伸手搶了我的筆記本，打開寫滿死法的筆記本，驚訝地問：「你到底試了多少種死法？」

「幾百種？我不知道，沒有數過。」

「你到現在還是沒放棄尋找死法。」她把本子遞回給我。

「找不到放棄的原因。」

「我一定會讓你找到喜歡的事……魚丸你喜歡嗎？」她吃起麵來，夾起一粒魚丸問我。

「沒有什麼喜歡不喜歡。食物就是為了營養和飽肚……這些則是沒有什麼營養。」

她瞪了我一眼說：「你還是去死吧。」

「努力嘗試中。」我如實地回答。

「喂，不如我們去釣魚吧！你試過沒有？」

「沒有……」

「我們星期六就去離島釣魚吧！就這麼決定，不要接客！」

這段時間，除了會一起吃飯外，她趁我有空檔就會帶我去嘗試不同的事物。

排名不分先後，包括：釣蝦、爬山、騎單車、潛水、玩滑翔傘、看老電影、去迪士尼樂園、健身、扮乞丐、彈吉他、唱 KTV……

每次她都會期待地問：「怎樣怎樣？喜歡嗎？」

我總會給出令她失望的答案。

「不太喜歡。」

「呃……沒關係！可能下一個會更好。」

她非常努力地去想，我到底會對什麼有興趣，也用心地去準備活動。

我也想給她肯定的答案……

「就這樣吧，我們去離島釣魚！」

她拿出一本筆記本來。

「這是什麼？我記得妳不用筆記本的。」

「學你的，你有一本崔六雲求死筆記本，我也有一本崔六雲求生筆記本，嘗試記錄和找出讓你生存下去的理由。」

「無聊。」

「你管我。」

她在筆記本上寫下：釣魚。

「垃圾警察，還是捉不到兇手。」

「對呀，有在辦案，但沒啥進展。」

「聽說大多在市區出沒，多選晚上殺人。」

「這種無差別殺人最恐怖。」

此時，店鋪的客人們都在討論近來的連環兇殺命案。

「你要小心一點，這陣子不要在晚上上街呀。」

「妳擔心自己吧……流血和刀傷我試過……沒有用。」

「對吼！」她開懷地笑著：「我忘了你是不死之身，真好。」

日子過得很快，我們已經到了星期六去釣魚的日子。

陽光明媚、萬里無雲、秋高氣爽，這是好天氣，好天氣就代表是好日子。

這是董喬伊所說的理論，我倒不知道當中有什麼邏輯關係。

「你就開心一點啦，跟我出去玩耍，明明就是一種榮幸。」

船靠岸後，我們找到一個碼頭附近的位置，就在那裡一起釣魚。

設置好魚竿、魚鉤和魚餌等，就下竿釣魚。

「一開始，新手是比較難上手，試過放走一兩次後，你就會明白……」

「啊，上鉤了。」我提竿，一條魚正拚命掙扎。

「你有點走運，不過真正的決戰在後面，其實魚的聽力很好，所以釣魚時不要太過大聲說話……」

「啊，又上鉤了。」

「我承認你可能在這方面是好運，不過……」

「啊，又有了。」

「我不玩了。」

不過說實話，乘著風等待，我是挺享受這種感覺。

「喜歡嗎？」她問。

「也不算得上是喜歡。」

「喔，不要緊啦……」她顯得有點失望。

當我們打算去吃午飯，經過商店時，路過一間陶藝店。

我大概凝望了兩秒左右，但董喬伊已經開口問：「你喜歡陶藝嗎？」

「我沒試過。」

「那我們進去吧。」

師傅是一個日本人，不過來港多年，所以廣東話沒有問題，他細心地教導我們每一個步驟，有條有理。

一開始只是一坨土，放上拉坯機開始轉，加水，陶泥在雙手中任意變形，變化成不同的形狀，甚為有趣。

再加水，雙手輕壓成一個碟形，用海綿從中心磨滑成圓形，用木鏟掃平泥碟和整出邊位，再用泥膠掃滑碟面……終於大功告成。

「風乾一兩日後，便可以拿去燒。」師傅說。

「要等一兩天嗎？」

「當然，現在太濕是不能燒的。」

這也沒有辦法，只好之後再來。

「你喜歡這個嗎？」步出店鋪時，董喬伊問。

「我好像……挺喜歡這個活動。」

「真的嗎？」她興奮到一時忘形地抱住我，我則感到臉和身體有點熾熱。

「那我們以後可以常來這裡。」她馬上在她的筆記本抄抄寫寫。

「妳太誇張了，我只是說好像而已。」

「不要緊啦。」看她的樣子，都快要比我還高興。

但因為這樣，我又覺得她有一點點的可愛，大概是幻覺？

我們去了附近的餐廳吃海鮮當晚餐，董喬伊說果然活捉的海鮮就是不一樣，比較新鮮活跳。

「你說對不對？」

我本來想否定她，飯只是飽肚之用，但不知為何，我又覺得今天的這一頓飯……的確好吃。

為什麼我會覺得好吃？

「你會很想念那個小衣嗎？」

「為什麼會這樣問？」

「沒有……只是好奇。」

「她是我最好的朋友。」

「還是無法接受？」

對於她急病而死，我實在不能接受，來得太快太急，也帶走我唯一的朋友。

「或許吧。」

她見氣氛好像陷入一個尷尬點，就開口再問：「啊，你試過這麼多種死法，仍然死不了，有沒有想過，其實不是因為死法的問題？」

「不是死法的問題？」

「你怎麼會覺得是死法不對的問題？」

「這一點……我沒有想過，只是單純覺得……妳有其他想法？」

「我覺得，其實根本不是有關你的死法，而是另有原因。」她自豪地說。

吃完飯後，我們在碼頭邊漫步。

船，在海面上搖擺不平，浪花濺起，把一部分的地面都沾濕。

舒服的清風，四周很寂靜……暗黑的街道空無一人。

「下次要去一個新地方，我已經想好了。」她興奮地說。

「下次……可不可以去……幫陶瓷上色？」

「你想去？」她瞪大眼睛問。

「一點點吧。」

「好呀！我們下次一起去。」她忍不住笑起來說：「我去前面的廁所，你等等我。」

「好呀。」

涼風吹送，我禁不住拉好外套拉鍊，才感覺到，原來不知不覺心跳跳得這麼快。

街上的行人稀少，只有一個黑衣男子急步走過，我望一望手錶，是時候要回程了，但她仍未回來。

最後等了半小時，她還未出現，我到廁所門外大叫，卻沒有人回應。

奇怪？

難道她不是去這個廁所？不可能呀，我是親眼目睹她進來。

「董喬伊。」

難道暈倒了？

「有沒有人呀？」

再敲敲門又多喊幾聲，確定無人後，我決定進入女廁。

這是我生平第一次入女廁，感覺就是……啊，原來沒太多分別，就是少了尿斗。

但奇怪的是……她不在，所有格間也是空的。

回到大街，我四周張望，也不見她的蹤影。

她去了哪？

此時……我在地上看見了一點暗紅色，很微小的一點，在街燈下本來是難以看見的。

是……

這紅色還散落在其他地方。

我順著這些紅色點點而走，紅點越來越大，心也隨著所見越多的分量而跳得越快，快到心都開始劇痛。

終於來到終點，找到紅點的源頭。

是一個湖泊。

血泊。

血泊是來自胸口的幾處刀傷。

那一晚，我看見董喬伊的屍體，浸躺在血泊之上，一動也不動。

※ ※ ※

「崔六雲。」

「嗯？」

「有客人，別發呆。」正在整理倉庫的母親喊著。

「對不起……請問要什麼？一份元寶蠟燭嗎？」我對眼

前的婆婆說。

母親清理好雜物，抹一抹汗問：「你搞什麼？神不守舍？」

「沒有……」我按一按太陽穴問：「到底何時人會哭？」

「你都幾歲了，還問這些問題？」她沒好氣地說：「開心吧，喜極而泣；傷心吧，因為失去時……」

看著母親的背影，我禁不住問：「妳有哭過嗎？失去父親時，又或者……他離去的時候。」

父親，自從跟母親分離後，就放縱自己，踏上一條不歸路。

「不要再提他了吧……」她佇立良久，緩緩開口說。

「為什麼？」

「六雲，世上有些事是沒有答案的。人，並不一定都知道自己想怎樣、要怎樣……」

就如，我們其實不知道人死後到底是怎樣，卻不斷地燒金紙給他們，覺得能讓他們富足。

是這樣嗎？

「我出去走一走。」

再到離島的陶藝店，我拿取早已風乾好的碟，開始燒製上色。

「師傅，我想再做一個。」

「好呀。」他不厭其煩地再講解。

這一次做陶瓷，我已經比上次更加熟手，做得更順暢。

我也是喜歡的，只是少了一點感覺，卻又講不出。

「另一只陶碟，你要替她拿嗎？」師傅問。

「……不用了。」

※ ※ ※

我再一次去釣蝦、爬山、騎單車、潛水、玩滑翔傘、看老電影、去迪士尼樂園、健身、扮乞丐、彈吉他、唱KTV……

無聊得很。

為什麼會重複一次活動，自己也不太明白，整件事都發生得自然而然。

好像比上次更沉悶……

為什麼呢？

「董姐姐呢？」小薰問。

「她死了。」

「你說謊。」

「我是說真的。」

「說謊！大騙子！我討厭你！」

她抱著我的腳哇哇大哭，把我的褲腳都沾濕了。

「她是怎麼死的？」

那一晚，有個女生上完廁所後，在轉角處遇上一名黑衣男子，手上持刀。

她大叫救命時，剛好讓董喬伊聽到。

我經常會想，如果她沒聽到，那麼結局是不是就會改寫，一切都會不一樣了。

就是這一個呼救，把董喬伊引到現場。

最終，一個人成功脫險，一個人因而犧牲。

是那個女生成功逃脫，她獨自跑走了。

我不喜歡看見小朋友哭。

「你這個人渣，連她也保護不了！」

張兒知道事件後，狠狠地打了我一拳。

我也覺得她打得好。

在這一刻，我才發現董喬伊不知不覺間，已經把我帶進她的世界，讓我連繫住她身邊的人，也連繫住她。

所以，在她喪禮的那天，我決定了做一件事，一件不該做的事。

董喬伊的喪禮內，播放著她一場又一場的魔術表演，在老人院的、在孤兒院的、在醫院的、在天橋底的。

還有許多她燦爛笑著的照片。

在任何人眼中，她的人生過得精采而燦爛。

我不斷地在想，如果她沒有遇上我，是不是結局會不一樣呢？

腦海之中，總有無窮無盡的幻想。幻想自己如果當時能陪她去廁所，大概就不會發生這樣的悲劇；如果我們沒有去離島，大概也不會遇上這個殺人兇手。

無窮無盡的幻想。

特別是看見她的家人在靈堂上痛哭流涕的樣子，心裡就禁不住內疚得想死。

阿文拍一拍我的肩膀說：「節哀順變吧。」

「謝謝你。她應該會很喜歡這個喪禮。」

他點點頭說：「當初我也花了一段很長的時間，才能恢復過來。」

阿文是一個熱心工作、樂於助人的青年，做社工的幾年，一直幫助無數弱勢的社群，造福許多人。

正當他跟心愛的女朋友求婚成功時，女朋友卻死於意外……被一輛私家車撞倒……是一名輕度智障人士不小心駕駛的。

從那一天起，他就辭去社工的工作，專門幫人舉辦喪禮，直到今天。

如此大的轉變，沒有人能預計。

「還會恨嗎？」

「早就放下了。」他說：「所以希望你也能早日放下。」

「嗯。」

「放心吧，她成功救了那個智障女生，相信也會安息的。」

瞻仰遺容時，大家都輪流出來，見董喬伊最後一面。

董喬伊雖然睡了，但她仍舊是安詳地笑著，正如她生前的笑容一樣。

每個人都來到她面前，放下一朵玫瑰花……

而我則脫下了自己的手套，摸上董喬伊冰冷的臉。

眼前一黑。

※ ※ ※

「喂……」

「嗯？」

「崔六雲，為什麼你要在功課上寫上長睡不起。」

放學時，小衣一臉不爽地湊近功課簿到我面前，上面寫著「我的志願：長睡不醒」，還有老師的大叉叉。

「妳怎會拿到？」

「你管我，這是怎麼一回事？」

「就是這麼一回事呀。」

「你走了，你的父母怎麼辦？」

我跟小衣說，她太過緊張，這只是一個願望。

「願望也不行呀，為什麼你就是沒有生存意志。」

她說，你的父母必定會很傷心。

「好吧。對不起嘍。」

那時，我覺得父母真的會傷心，大概因為他們還沒離世吧。

「你走了，那不就剩下我一個人嗎？」她說。

誰又會預料，是她先拋棄我。

「崔六雲……」

黑色的雨傾盆而下，時大時小，水開始積多，把我整個人淹沒。

但我在水裡仍然能呼吸。

我看見一個個類似泡泡的東西，不斷在分裂，再複製變化，變成一條類似魚的生物，再進化成有腳的奇怪生物。

水開始退，炎陽照曬著我，身體的水分不斷蒸發和流失，那個生物越變越小。

當我張開眼時，自己已經在渡命橋的開端。

橋頭空無一人，也沒有燈籠。

「董喬伊……？」

在橋黑暗的另一端，似乎有微弱的燈光。

奇怪的是，我沒做任何的動作，意識早已逐漸遠離這裡……

呃？奇怪……

越來越遠……

我醒了。

再度回到……

不是家裡？

是藍天？

一陣巨浪拍打過來，我才發現自己竟然睡在海灘上，全身赤裸裸。

「啊！變態！」「死變態！報警抓你！」

一群女生大呼小叫，幾乎想把我殺死。

好不容易逃到雜貨店，想買 T-shirt 和短褲，但我哪來的錢？

雖然老闆娘是用極為不屑的目光鄙視我，但她還是願意施捨一套衣服給我。

「現在的年輕人真是……成何體統？」

「我也不想這樣……謝謝妳……」

為什麼我會出現在這裡而不是在家裡的床上？

實在有點奇怪。

這時，一個長髮的女生從我面前經過……

腦海有一秒突然當機。

由於太過遙遠，我看不清楚她的容貌。

應該……是我看錯……應該不可能的。

「臭小子，還顧著偷看女生！」

「不要啦……姐姐，能借一下電話嗎？」

「哎喲，你還真會說話，」她聽到姐姐兩個字，馬上就笑裡含春說：「我都五十九了，還叫我姐姐，真會說話，呵呵呵……」

「對不起，大嬸，可以借——」

她一秒變臉說：「你去和合石借。」

「……姐姐。」

「請隨便用～」

當我又撥打那個電話時，這次聽到的，竟然是……

嘟……嘟……嘟……

另一頭傳來：「喂？」

……

「喂？誰呀？」

我的後頸和手臂寒毛直豎，手汗不斷流出，心跳狂飆，無法說話。

「喂？說話啦？是誰？喂？」

我深呼吸一口氣，平復心跳，但連聲音都顫抖起來，我問：「你……是誰？」

「我是……」

不可能！

不可能！

我忍不住掛上電話，然後立即奔跑回家。

※ ※ ※

「媽！我有事想問妳！」

回到店鋪，母親一言不發，當她看見我時，第一個反應不是什麼，而是手上的碗掉在地上，驚嚇地問：「你……是誰？！」

「妳在說什麼呀？」我失笑道：「我還會是誰？」

「你……不可能……」她慌張地退後一步再一步問：「你……到底是誰？」

「妳兒子呀！」

「不可能……不可能……」

「什麼不可能呀？」

我感到莫名其妙，從許多事都莫名其妙裡，不知為何我覺得有點憤怒，好像無法搞清楚發生了什麼、無法控制什麼。

這時，有一個男人走進店裡，人未到聲先到，他喊著說：「啊！老婆呀！有個人打電話來，卻沒有說話，現在流行這樣玩電話的嗎？」

當我們碰面的一刻，大家的表情都是一樣。

正是剛才我母親大吃一驚的表情。

這是……

不可能……

那是我每次回來都在打電話尋找的人。

「你……終於回來啦？」

他激動地流淚，在原地踱步，想抱又猶豫，最後小心地擁抱我。

「終於找到你了，兒子！」

如夢似幻，分不清楚到底這是現實還是夢境。

但眼前的人，真實得讓我不能不相信，有些事已經被改變。

「你回來了。」

我想說，是他回來了，是日夜在盼望著的他回來了，可惜我不能，也不想解釋。

「你已經失蹤將近二十年，沒想到一下子會重遇你。」媽媽雙手摀著臉，不時擦著紙巾問：「這段日子你到底去哪裡了？」

失蹤二十年？

這番的改變是如此巨大？

「無所謂啦，現在兒子回來就好。」父親親暱地拍著母親的背說。

「好懷念。」我不禁說。

「嗯？」

「這一幕好懷念。」

「傻兒子，你這麼久沒有回來，當然是懷念啦。」

他們不懂我說的話。

「好了，你去休息一下吧。」

他們帶我回到家裡，看似一切都沒有太大的改變。

「外公呢？」

「什麼？」他們聽到我這樣一問，就愣在原地。

「外公……？」

「外公在你十歲時已經死了啦，你忘了嗎？」爸爸說。

「當年他還伸手去撐開爸爸的眼皮！讓人死不瞑目，頑皮得要死。」母親帶點責怪的語氣說。

先等等……感覺，事情好像有點不對勁。

「我……」

「怎麼了嗎？」

「沒事。」

我無法接受太多改變的事情，決定先聽他們的話，好好休息一日。

到了第二天，我就開始去探尋，這個世界到底改變了多少。

「你是誰？」

「你是誰？」

「你是誰？」

「董喬伊？這裡沒有這個租客呀。」打開門的是一個肥男，赤裸上身。

「沒有的意思……是說從來都沒有這個人，還是她已經搬走了？」

「我住在這裡十多年，肯定沒有這個人。」

「好的……謝謝你。」

我發現我在這個世界的大部分關係都已消失不見。

不，準確點來說，是他們根本就不認識我，彷似我沒有出現過在他們的生命當中。

這個改變未免太大了。

在街上百無聊賴地逛著，忽然間，我看見那熟悉的身影。

我上前去追，誰知她轉過街角之後，就失去了蹤影。

反而迎面遇上另一個人。

「盧凱靈？」

她帶著疑惑的眼光掃視我，不肯定地問：「我……認識你嗎？」

我已經習慣了大部分人都把我遺忘，也不想再多作解釋。

「妳還好嗎？」

「什麼意思？」

「還有去祭拜一下許叔嗎？」

這時，一個男人上前擁著盧凱靈的腰，親暱地呼喊：「老婆。」

我愣住了，這個男人不是我上次在理髮店遇見的那個。

是怎樣？難道離婚了？換了另一個男人？

「他是妳……第二任丈夫嗎？」

「什麼？！」他雙手握拳，橫眉豎目怒道。

盧凱靈皺眉，瞇起雙眼，露出不悅的眼神說：「先生，我不認識你，也不知道你從哪裡打探到許叔的資料。雖然他沒死，不過我不打算探望他，也不打算原諒他。另外，我沒有第二任丈夫，從來只有一位，就是這樣謝謝。」

他們就這樣怒氣沖沖地走過。

只剩下一臉茫然的我。

我嘗試整理了當下的思緒，梳理現在發生過的事情。

父親原本是犯法殺過人，已經去世。現在卻仍然在世。

父母本來離婚已久，現在卻復合。

本來是外婆去世，現在換成外公過身。

盧凱靈原本跟許叔和好，如今怨結仍未解開……

一切，如果說是改變，倒不如說是……

恢復原樣？

我也不確定。

※　※　※

「你在煩惱什麼？說來聽聽，看我能不能幫你。」父親見我在床邊發呆，就走進房間問。

「沒事。」

「真的嗎？」

「嗯。」

他嘆了一口氣說：「你回來我真的很開心，只是你好像沒有改變過。」

「什麼意思？」

「仍然是不容易向人打開心扉，即使那個人跟你多麼親近也一樣，活像小時候的你，總喜歡把什麼事都收藏在己心，你還記得小學時班主任冤枉你，你寧願一個人哭也不願跟我們訴苦。」

「我只是覺得，每個人都是獨立的個體，大家經驗不同，有些事說了對方也不會明白和體會到事情是如何切身，更何況講了也無助事情的解決。」

父親把手放在我的手背上。

「人是世上罕有的生物，能夠感受對方的感受、能夠體會對方的體會；為別人的笑而喜樂、為別人的哭而哀慟。即使我們不一樣，但可以把我的感受和想法傳達給另一個人，看似分離又融合，是個人又是群體，這是人之所以是人之處。」

「對不起。」

「幹嘛對不起。」他笑道。

「爸，你其實……有沒有試過犯禁忌？」

父親舔一舔嘴唇，手指刻意地梳過頭髮。

「六雲，你老實說，你……是不是犯過禁忌？」

「對，我試過。」

從小時候，我便一直在犯禁忌，並以此為我的職業。

「到底為什麼，你會如此想死？」他問。

這個問題，已經無數人問過我。

最近的那位，就是董喬伊，也是最煩人的一位，總會每日問我，今天會否有變。

我將自己所經歷的事，都一五一十告知父親，沒有想到人生二十多年，可以濃縮成數十分鐘的故事。

原來過去的一切，每分鐘的經歷，重述一次又有另一番的體會。

每一位客人，他們需求的陪葬服務都不一樣，臨終前的遺願也不同。

例如徐藹君只是一個天真的少女，想要完成自己的心願，希望聽到一句我愛妳。

許叔期望有一句的原諒，不單來自別人，還有來自自己。

軒仔想要擺脫世俗困鎖，做一件自己真真正正喜歡的事。

思高大概是最想跟過去的女朋友說一句對不起，還有多謝。

但也是透過重述自己的過去，我發現每個人在我生命中，不知不覺已經留下如此多的印記，他們好像不單是一個客人。

還有她……

「其實你已找到，一直困惑你那道問題的答案，只是你不想承認罷了。」

「什麼？」

「那個故事。我跟你講過的故事。」

「是你跟我說的嗎？」

他說，野獸和龍在井的故事，正是他跟我講的睡前故事。

「你已找到答案。」

「這個先不談，我真的不明白這一切。」

「你不明白嗎？」他疑惑地望著我。

「怎麼了？」

「你不知道這一切？不記得所有的事？包括十歲那年發生的事？」

「你知道嗎？」我有點怨怒地說：「怎麼不告訴我。」

「不，我不知道。」他揮一揮手說。

「……」

「但是你知道。」

「什麼？」

「我相信你已經記起。」

「我怎麼會……」

「你嘗試用力想一下吧，相信會記起來的，只是你以為沒有而已。」

我……

「多謝。」

「不要忘記我！」

「你這個殺人兇手！」

記憶一點點的湧回腦海。

我好像……真的記起……

「六仔。」

外公那皺紋滿佈的手，他慈祥地笑著。

「六仔，怎麼你也死了？」

一片櫻花飄落在側旁豎立一盞盞日本神社赤燈籠的橋上，澎湃的水流聲從橋下傳出。

渡命橋，又叫生命橋。

「六仔，當我們過了這座橋後，就是真正的死去，離開人間。」外公在橋的起端，拿起印有他名字的燈籠。

「真的嗎？」

我看見了印有自己名字的燈籠。

「去拿吧。」外公說。

提起那和式的燈籠，我問外公：「過橋後，前面到底是什麼？」

「這個……我也不知道呀。」外公搖搖頭回答。

「六仔，你為什麼會死？」

「我也不太明白……」當時的我，尚未弄清楚發生什麼事。

「無論如何，反正人死就不能復生，我們走吧。」

正當我們要走時，卻有一道聲音喊住我。

「崔六雲！」

「崔六雲你這個殺人兇手！」

聲音不知從哪傳來，卻是響徹整個空間。

殺人兇手？

「是誰……？」

「我也不知道。」

我手中的燈籠忽然間起火燃燒，變成灰燼。

「外公……這……代表什麼？」

「可能，現在還沒輪到你的時候，有人非常希望你回去。」

「可是……我想陪你呀。」

外公只是微笑揮手，一個人提著燈籠步向黑暗。

※ ※ ※

「你這個殺人兇手！」

忽然間，我的頭被打得東倒西歪，差點趴在地上。

「喂！」我定睛一看，才發現這是小衣。

「妳……」我都沒有說什麼，小衣已經擦著通紅的眼睛說：「你要拋下我。」

「不是呀。」

「你是，你想殺了我的朋友，你想一個人走。」

「其實，我也不知道……為什麼會這樣。」

我將親手碰到外公然後就死了的事告訴她，她聽完冷靜過來，然後說：「會不會你的家族遺傳病，就是碰到人就會死？」

「可是我有碰過妳呀。」

「是不能碰死人？還是說……會跟他人的死亡時間一樣？」

「怎會有這麼奇怪的事？」

「要不是我叫住你，你早就走了。你可不可以答應我一件事？」

「什麼？」

「……開心地活下去，即使這一刻你還沒找到任何意義。」

「什麼意思？」我想到什麼，瞪大眼睛問：「為什麼妳會在這裡？難道妳……」

橋上不知何時，出現了她的燈籠。

「我要走了。但你要活下去呀。」她提起自己的燈籠。

「如此愚笨的交易！妳怎會去做？」

她是要當醫生的人，我只是一個想死的人。

「我覺得值得呀，非常值得。」她最後說。

消失在黑暗之中。

我想去追，卻只迷失在漆黑中。

頃刻間，橋開始下沉，不……是水漲，四周冰涼的水湧到腳、身，漸漸地浸滿全身。

你要活下去呀。

腦海一直迴盪這一句。

「她用她的生命救了我。」

小衣有超能力，但她有說過，她的超能力不可以用在人身上。

「大概因為太悲傷，回到人間時，你必定有碰過她的屍體。」父親肯定地說。

「對我們來說，最大的禁忌，不是觸碰屍體，而是碰到心愛人的屍體。」

我記得，這是父親從小到大對我說，不要碰到人，特別是心愛的人。

「……」

「你還不明白嗎？你去了另一個世界。」

「另一個世界？」

「你應該有聽過平行世界的理論？另一個世界，有另一個你，或許發生的事都差不多，卻又有些微妙的不同。十歲的你，因為這樣，去了另一個世界，繼續你的生活，但你毫不知情。」

所以，就有另一具我的屍體存在？

另一個崔六雲，也跟我做同樣的事，只是他沒有小衣可以讓他復活。

「兒子，或許你一直不明白，為什麼你會死不了，但現在回到這個世界，這代表什麼呢？」

「什麼？」

「如果你繼續你的職業，你會真真正正地死。」

※ ※ ※

「你好，請問是不是陪葬服務的出租？」我拿起電話，傳來的是一個老男人的聲音。

「沒有錯。但要確保短時間內必定死亡才可以。」

「會的……會的……」他說。

我還是如常開展我的工作。

即使知道真相後，我還是繼續自己這個職業。

而我也非常清楚，這次會是我最後的工作，因為我沒有再復活的理由。

「你……不是那一個空間的人，通往陰間的橋自然沒有你的燈籠，你也不會死去。」那次的對話，父親這樣說道。

我總覺得他還是隱瞞些什麼，當問到他是否有試過禁忌時，他就支吾其詞。

否則……沒有可能知道得如此清楚吧？

無論如何，知道一切真相的我，還是想繼續我的工作。

即使……小衣……

「謝謝你抽空出來。」

那是我之前電話聊過天的男人，他似乎對這個陪葬服務非常有興趣，迫不及待就約了我出來見面。

他是一個頂著地中海禿的五十歲男人，穿著一身名牌西裝，肥胖笨重，說話間常會陰森地笑，身上掛著奇怪的吊飾。

「大概就是這樣，你有沒有什麼問題？」我詳細地講解自己的服務後，他連連點頭。

「是這樣的，我只有一個問題。」

「請講。」

「你是否真的會死？」

「這個當然……」

他笑逐顏開。

「這樣就好了。」他點點頭說：「這樣就夠了。」

「啊……不是不是。」他揮揮手說：「那我們有一個要求就可以。」

「我們？」

「啊……我又說錯了。」他說：「後天麻煩你跟我來一趟旅行。」

從一開始見面，我就覺得他有種令人心寒的能力。

這次的工作……不知怎地我有種不妙的感覺，而且是非常不妙。

這次的客人叫任先生，是一名非常有錢的商人，而且跟政界中人也多有來往，總而言之，是有巨大勢力，在政商界都能呼風喚雨的人。

後天的旅行，我原以為會出國旅遊，誰知他說我們要上一艘遊輪。

他還帶著一個長方形的、用黑布包住的大行李上船，運送過程不許其他人碰到，奇怪萬分。

這次出海，我倒是無所謂，因為我從沒坐過遊輪，這次正好當作見識見識。

「啊，關於健檢報告……」

「我一會兒給你吧。」

誰料到他一上船，就說有一些事要忙，要先離開一段時間，就急忙往船頭的方向走去。

也沒有關係，過一會兒再拿也可以。

剩下自己一個人，百無聊賴，我便在船上閒逛一下。

遊輪一向被人叫作海上巨無霸，今日一見，果然非同凡響，沒想過在船上可以有如此多設施。

我在船頂位置，正好在游泳池附近，觀看著逐漸遠離的對岸，陸地慢慢消失在我們的視線。

「先生……」

當我發呆之時，有一個女生拍拍我的肩膀說。

「你可以幫我們拍一張照片嗎？」

我呆愣在原地，半晌之後，才反應過來。

「喔……可以呀。」

「麻煩你了。」

她笑著把手機遞給我，然後和她的友人各自捧起飲品，擺出可愛的模樣。

「呃……按紅色那個鍵就可以。」

我發覺自己又再次發呆。

「對不起。」

「不要緊。」

「一、二、三……可以了。」

「謝謝你。」她向我報以微笑，準備離去。

「喂！」

我輕呼一下，她停在原地，轉頭望向我。

「妳認得我嗎？」

她皺著眉用力思索一下，笑著搖搖頭說：「不……我認識你嗎？」

「不好意思，大概我認錯人了吧。」

她又笑一下說：「一會兒我在餐廳表演，你也來看？」

「好。」

她走後，我仍然不能接受，獨自一人逛回房間時，卻看到任先生在和船長竊竊私語，不知在聊什麼。

我想到還沒拿他的健檢報告，就在一旁等著。

他見到我，就和船長低著頭各自分開，然後過來問我：「有事嗎？」

「我還沒拿到你的報告。」

「啊……對，你來我的房間。」

我跟他來到他的房間，是間豪華客房，非常富麗堂皇。

他的桌面放滿奇怪的吊飾還有筆。

而且那個大行李就在房間，原來是一個大棺木，但又好像有點不同。

有點冷的感覺，棺木外層有水漬。

「就在這裡。」他給我一張紙，內容確實是罹癌。

我這次對疾病沒有刻意選擇，因為無論哪一種病，我都會死去。

「對了，崔先生，我可以麻煩你一件事嗎？」

「其實這次要陪葬的並不是我。」

「什麼？」

「你打開棺木就明白。」

當我打開棺木，剛觸碰的第一下已經感覺到冰冷。

這……應該不是普通的棺材。

拉開棺蓋後，裡面躺著的是一名少女。

一個十多歲、非常年輕的女生。

「你這次要陪葬的是她。」

「任先生，對不起，我是不會做死人的陪葬品。」

「有什麼分別，還是一樣，你不也正是在求死嗎？」他不滿意地說。

「這是兩回事。」

「無所謂，你講……開一個價錢來。」他拿出支票簿來。

「不關錢的問題。從一開始我們的交易就建立在不誠實上，這樣很難再合作下去，我猜健檢報告也是假的？」

他怒目圓睜，但不久後又回復常態，笑臉迎人。

「也罷也罷，這次合作不成就算，是我的錯，沒有事先講好，因為怕你會害怕，現在就算了，你繼續留在船上玩吧，這次行程費用我包，當作賠罪。」

他越是笑得親切，我就越是感到不妥，卻又說不出有什麼問題。

「那好吧……」

沒有工作束縛，我自由到船上的各個地方遊玩，當然有去按摩，必然是隔著衣服的。

在師傅舒適的按摩中，不知不覺間我又睡著，又再次夢見小衣。

※ ※ ※

「如此愚笨的交易！妳怎會去做？」

當小衣執起燈籠時，我想上前搶走她的燈籠，她卻閃過避開我。

「人死不能復生呀，這是生死的定律，破律的必要懲罰，總要有人犧牲。」

「那就我吧！為什麼要救我？明明我對妳那麼壞！」我急得都要哭出來。

「我也不知道呢，大概因為我能理解你……？我感受到你的孤單，感受到你覺得跟別人的不一樣，感受到你渴望一個擁抱……」

「我不想我們以後不能再見！可以不要走嗎？」

「一定有機會再見的。」她除下手上的手繩，拆開一半給我。

「用這個記著我吧，將來有機會再見時，你不要再尋死了。」

「這……不值得呀……」

「我覺得值得呀，非常值得。」她微笑地說。

夢又再次醒了。

※ ※ ※

航行了一段時間，大概船已駛出公海，天色也已經昏暗。在船上閒逛時，不時見到狂歡的人，或許能上船旅遊也是一件開心的事。

「哈哈！」

「停呀！把書包還給我。」

幾個學生在船上奔跑追逐，你追我趕。

我這時才留意到，這艘遊輪上的學生數量也挺多，原來現在的學生已經這麼有錢嗎？校外旅行居然坐遊輪，會不會太豪華了點？

時間一到，我便來到遊輪的餐廳，觀看她的表演。

※ ※ ※

餐廳裡嘈雜熱鬧，她正站在舞台上，觀眾們都紛紛鼓掌歡呼，期待著表演的開始。

等待時我往四周觀看，正好與一個女生對望，她的五官端正，有一點孩子氣的感覺，但卻是一個美人胚子。

眼熟？又好像不是。

直到她身邊的老男人拍叫她：「王胤瀅，走吧。」他們便步出餐廳。

我留在這裡，繼續觀看表演。

她在台上鞠躬時，望見我便報以微笑。

鞠躬後，表演便正式開始。

她連續表演幾個魔術，都讓觀眾拍手叫好，氣氛更炒熱了起來。

這時，她推出一個木櫃來說：「我想邀請一位觀眾朋友上台，完成這個表演可以嗎？有哪位願意？」

「我。」

我在眾目睽睽之下走上舞台。

「真好呀，這麼主動。」她笑著說：「一會兒，請你——」

「我明白。」

「你明白？」她顯得有點愕然。

「我試過的。」

「這應該是我——」

「我明白，真的。」

「好吧。」

我走進一塊黑布之內。

大概就是空間轉移的魔術。

「來，各位看這邊，是一隻小白兔……然後……跟我一齊唸……媽呢媽呢～空！」

「媽呢媽呢～空！」他們齊聲地喊叫。

「這樣，就變成剛才的朋友出來啦！」

在這一刻，我打開木櫃出場，接受全場的歡呼。

表演順利地完結。

在餐廳外面，各人盡興而歸。

我倚著欄杆，換上平常衣服的她，朝我這個方向走來。

「剛才勞煩你了。」

「不會。」

「對了，有件事情我挺好奇，」她疑惑地問：「你配合得很順暢和有默契……」

「對呀。」

「只有兩個可能，一是你破解了我的魔術。」

「這個當然不可能。」

「另一個可能是……你真的有試過表演這個魔術？但……」

「如果我跟妳說，早在以前，我們就已經一起表演過呢？在第二次見面時……」

「蛤？我們已經見過三次面了？難怪我覺得你面熟。」

「說了妳大概也不會相信。」

這時，她撥動自己的頭髮時，我留意到她手上的飾物。

「喔？這是？」

她尷尬地笑著說：「喔？這條手繩嗎？是我出生時已經握著了，奇怪吧？媽媽都說我小時候已經是神偷，不知從哪偷了一條手繩來。」

「不奇怪……」我從袋中拿出一模一樣的手繩。

她詫異地問：「你……怎麼會有……？」

「董老師！不妙了。」這時有一個男人慌張地衝過來，握著她的手說：「有學生不見了！」

「在哪裡？你最後在哪裡見過他們？」

「在地下三層呀！」

「不要緊，」她安慰那個男人說：「我去找他們，你去聯絡船上職員一起幫忙吧。」

「我陪妳。」我說。

在趕往地下時，我問：「妳是老師嗎？帶學生來旅遊？」

「是呀。」

「真有錢。」

「不是，這次是有人全數資助的。」

「有人資助遊輪旅行？」

「對吧？我們也難以置信。」

我心裡越發感到不妙。

「是……姓任的人嗎？」

「呃，你也知道是任商人出錢給我們學校？」

一陣毛骨悚然的寒意偷襲我的背部。

到達地下三層。有如迷宮的走廊裡，全是一間間的客房。

「明仔、諺仔。」我們一邊搜尋，她一邊忙著呼喚學生的名字。

「為什麼要這麼緊張？」我好奇地問。

「什麼？」

「正常情況下，走失後在房間等不就可以，反正在船上他們也不能走遠，最終都要回房間。」

「因為……他們沒有能力回房間呀。」

「喔？」

她擔憂地說：「他們雖然外表像普通人，可是他們是……有點輕度的智能障礙。」

怪不得他們如此著急要尋回學生。

只是在這道彎彎曲曲的走廊，卻找不到任何身影。

我們重複了一次、兩次，從頭到尾搜尋整層，也不見他們。

「會不會在其他樓層？」

「正常情況他們不會走遠的。」

她忽然發現什麼，跑到一間房前跪下。

原來門前有少量的花瓣碎片，帶有一點血跡。

「這是明仔最愛收集的花。」

這道門後，正是任先生的房間。

「明仔！」她想撞破房門，但這顯然不是一條可行之路。

「不如試試另一個方法。」我建議。

我的房間跟任先生只有一牆之隔，經露台爬過另一間房是非常簡單的事。

進入他的房間後，空無一人，原本的棺木消失不見，地下只有奇怪的圖形、符文和血跡，彷似進行過什麼儀式。

「我想，我們在這裡都是有預謀的。」

「什麼意思？」

「這些符號，跟韓國某個邪教組織所用的十分相似，他們喜歡用一定數量的活人作人祭。」

「人祭……？」

人祭就是將活人當作祭祀神靈的供品，在人類歷史上並不罕見，時常發生。

例如美洲的阿茲特克人，便有傳統在宏大的金字塔神殿上，將活人的心臟取出，獻給太陽神，然後將屍身拋下金字塔，之後才取回肢解、分食。

據說，他們在一次慶典上把 8 萬人獻祭。

直到現代文明進步，人祭才慢慢消失，卻仍流傳在某些邪教組織中。

「只不過，人祭跟把人作陪葬品的人殉又有點不同……

只是這次，好像兩樣都有……」

「你是……怎麼知道？」

「妳不是問我，為什麼知道是姓任的商人資助你們嗎？」

她點點頭。

「因為我曾經進過這個房間……我也是被資助來，當時我瞄見桌面上有一份協議書。簽名的人正是資助我來的任先生，使用的蓋印是一個邪教組織的圖案。」

一個專門製造災難的組織，相信獻上活人能取悅神明，過去曾製造過大量災難，包括毒氣、車禍、空難，死傷者數以百計，被政府高度關注，之後轉為地下組織經營。

「一個邪教組織？那我們……」

船此時有些搖晃。

房間裡的種種跡象都顯示，這裡進行過某一種恐怖宗教儀式，甚至是利用人進行。

「抱歉，但恐怕妳那幾個學生已經不在人世。」我如實地說。

「不會的……我一定要找到他們。」

她打開房門，想衝出去的時候，船身突然之間急劇傾斜，她一時失衡，狠狠地撞上了衣櫃。

隨即有兩具屍體跌出，他們的身體都被放光血一般，成了乾屍。

「明仔、諺仔！」她驚嚇地尖叫。

「啊……」

我上前扶起她問：「妳沒事吧？」

「他們……」

「他們死了。」

船又再傾斜一點。

「這船是怎麼一回事？」

本該平如履地的船，現在搖晃不斷，船身大大地傾斜 20 多度，像失重狀態一般。

「如果我沒有猜錯，他們要的應該遠遠不只是幾個學生。」

「什麼……意思？」

「他們要的，應該是全船的人，又或者是一半以上。」

「要？要來幹什麼……？」

「陪葬……獻祭？」

「不行！我不能讓這種事發生！」她抱著兩具屍體，我也幫忙抬著，一起跑上大廳，此時不斷有裝飾品、燈飾掉下，船已大大地傾斜 40 度左右，舉步難行，不少人都跌倒在地，匍匐而行。

「發生什麼事呀！」

「沉船了！沉船了！」

眾人陷入一片混亂和驚恐之中。

「有水來了！地下的樓層呀！」有人大叫。

「大家快點離開呀！船要沉了！」董喬伊一邊奔跑，一邊呼籲著四周的人。

卻是偏偏這時，船上的廣播響起：

請各位不要移動，扶著把手原地待命，如果任意移動會造成危險，所以請各位留在原地。

請各位不要移動，扶著把手原地待命，如果任意移動會造成危險，所以請各位留在原地。

請各位不要移動，扶著把手原地待命，如果任意移動會造成危險，所以請各位留在原地。

「什麼嘛？叫我們不要走呀。」

董喬伊錯愕地問：「這是什麼意思？我們不該走嗎？」

我想起了船長跟任先生談話的一幕。

「我想……船長也是他們的人。以船現在這樣的狀況，應該逃生才是正確。」

「什麼？所以他是故意……？他知不知道這樣會害死多少人呀！？」

「我想，這就是他們的計畫。讓全船人失去救援的機會。」

「不可以……」她再次大叫：「大家快點逃跑！」

「可是船長叫我們留在原地呀！」

「對呀，他是船長，比較專業……應該聽他的。」

「大家千萬不要動！萬一真的側翻是妳負責嗎！」

「不是……大家……聽我講！」

可是沒有人聽她說，即使她多麼聲嘶力竭。

「放棄吧。」我說：「妳還有學生。」

她流著淚忍痛離開大廳，臨走前再次呼籲大家離開，可是仍然沒有人聽她的話。

我們很快來到甲板，按理可以坐上救生艇離開。

此時，我們碰上剛才在餐廳的男人，後面有一班學生。

「找到他們了？」那個男人問。

她紅著淚眼望向抬著的屍體……他馬上沉默不作聲。

她問：「你那邊人到齊了嗎？」

那個男人點點頭，後面卻有一個學生說：「還有小美和小麗呀……」

「什麼！？她們在哪裡？」

「餐廳……」

她放下屍體，馬上衝回船內……

此時整艘船開始多處進水，嚴重側翻，眼前一切的東西都扭轉成 90 度，驚人得誇張。

「妳再進去的話，很有可能會死。」我警告道。

水已淹至大堂，不出多時，餐廳就會沉浸水裡。

「但如果沒有我，她們是必死無疑。」她堅持說道。

跑回餐廳，沿路上都聽到淒厲的慘叫聲、哭聲，不斷有人在尖叫吶喊。

「救命……」

「我不想死。」

這艘船，已經變成人間地獄。

水已經來到第二層，只差一層就會淹沒餐廳。

「快一點！」

我們奔進餐廳，本來富麗堂皇的餐廳，像被人洗劫一番。

「小美！小麗！」

沒有人回應，空氣中只流轉著……一點奇怪的聲音。

滴……滴……滴……

「是什麼聲音？」

「好像是有人在敲門的聲音。」

「是嗎？」

循著聲音的來源望去，是餐廳窗口。

窗外是一片汪洋。

「不……不是有人在敲門，是窗戶要破了！」

「要趕快找到她們！」她說。

走沒兩步，就聽到奇怪的聲音，掀開桌布一看，原來那兩個失蹤的女生正躲在桌下。

終於找到她們！

「小美、小麗！」

「老師！」

因重聚而相擁，卻沒有時間講太多，因為我們要面對洪水的威脅。

「砰！」

玻璃窗破裂，猛水急劇湧至，頃刻間水漲滿整個房間。

「抓緊呀！」她叫，我們互相抓緊彼此的手，下一秒洪水便包圍我們全身，想將我們推出大海外。

被水沖走的我們，完全無法逃脫，就在這時，董喬伊不知怎地捉著門把，我也順勢抓緊門口，將四個人拉到一間房間裡。

「關門呀！」

四人費盡九牛二虎之力才把門關上，水卻仍是不斷湧入，我用身體頂著。

「我……不想死……嗚嗚……」那兩個女學生忽然哭起來，身體發抖。

「不用害怕，我會救妳們出去。」董喬伊將她們兩個擁入懷說：「老師會保護妳們，保護妳們免受傷害，這是我的使命。」

這句話……

「上面有個天窗，可以通往外邊，只要能爬出去就會有生機的。」她繼續道。

船在此時已經嚴重入水，側翻近乎反轉，卻造成一個窗口，讓我們可以攀爬離開。

只是問題是，外面的水流甚急，要能安全地爬上窗口也不是一件容易的事。

「一會我數 123，大家就抓緊彼此的手一起游出去吧！」

剛打開門，水就湧入房間，我們趁機游出去，董喬伊拚命抓緊她們，她用盡全身的力氣撐起一個女孩，把她撐上去窗口，幾番掙扎之下，她成功爬出去。

「上吧。」

她如法炮製想撐起另一個人，剛要抓到窗口時，水流一下甚急，把她們都沖散，沖往海底裡去！

「小麗！」

此時，我一手抓著柱子，另一手趕緊拉著她們，成功避免她們被沖走。

在湧流之下，船急劇下沉！

在外邊的小美大叫：「快呀！船要沉了！」

在危急之間，我費盡力氣，把另一個學生小麗也撐起，她成功爬出窗外。

最後只剩董喬伊。

我想把她撐起時，她卻問：「你呢？」

「我會沒事的。」

「要走一起走，我不能丟下你呀！」

「不，妳從來沒有丟下過我，是我一直放棄自己。反而……無論在哪裡，一直都是妳救我。妳已經救過我太多次，這一次換我救妳。」

「什麼？」

她未來得及反應，我已將她抱起，用盡最後一絲的力氣，托起她，此時船再度搖晃，幸好那兩個學生及時接住她。

「喂！！！！！」她大叫。

「砰……」

船艙的螺絲爆開，水完全覆蓋船隻，淹至我的頭頂，遊輪徹底沉沒，連帶把我也拖進水底。

結束了吧。

原來被水淹沒而死，是這麼痛苦。

我不斷地下沉……再下沉……

身邊好像響起不斷的哀哭……是來自其他的乘客嗎？

※ ※ ※

「你記得複製人 Roy Batty 在雨中的最後一句對白是什麼嗎？他說：『I've seen things you people wouldn't believe. Attack ships on fire off the shoulder of Orion. I watched C-beams glitter in the dark near the Tannhäuser Gate. All those moments will be lost in time, like tears in rain. Time to die.』」

「他說：『所有這些瞬間都將流逝在時光中，正如眼淚消失在雨中』，這就是他比人更像人的地方，大概因為他明白了，生命的意義，或許不是在於時間的延續，而在於瞬間散出的光彩以及生命帶來的一切感性體驗。」

「即使一切都有限期，最終會迎向死亡，妳仍然覺得一

切都有意義嗎？」我問坐在草地上的董喬伊。

她望著滿天星辰的夜空，心中充滿期盼地道：「是。不正是因為有限期，才讓我們過得有意義嗎？因為我們知道時間是有限的，我們才會好好地把握今天、好好地珍惜仍然能呼吸的每一天。

因為時間有限，我們才會及時去愛；因為時間有限，我們才會及時完成自己想完成的事。

我們每一個都會死亡。也不可能逃避它，但也正是如此，當我們真正理解我們的時間不多時，先會確認自己的使命是什麼，自己想做的是什麼。」

「死亡的終結，雖然很痛苦，但是卻教導我們人類，何謂真正的活著，不是嗎？」她眨動著比天上星星更閃耀的眼睛說。

※ ※ ※

多謝妳。

先前的我不明白。

現在，我有點理解了……雖然好像太遲……

有點冷。

起初是來自大海海水的冷，之後卻是一種不知名的冷。

張開眼，自己仍在不斷地下沉，彷彿要跌進無底的深淵。

四周漆黑得讓人驚怕，伸手不見五指。

冷，但卻有被冰冷實在包圍的感覺。

我的身體開始出現僵硬，每一部分都冷得無法活動，連心跳也越來越慢。

當越沉越下時，本來漆黑的海底浮現一點光，不知是我的幻想還是什麼，但卻實在得刺眼。

一個女生的背影，她正望著一本筆記本。

靠近一點看，筆記本裡滿滿記著不同的活動。

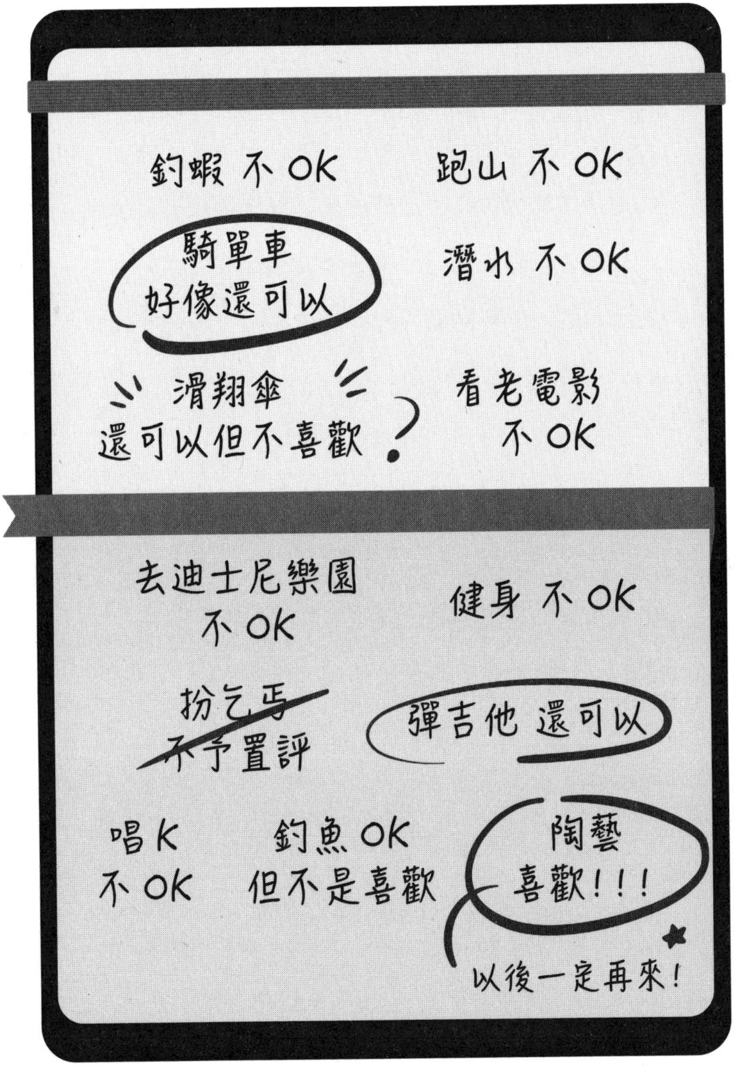
釣蝦 不OK
跑山 不OK
騎單車
好像還可以
潛水 不OK
滑翔傘
還可以但不喜歡?
看老電影
不OK
去迪士尼樂園
不OK
健身 不OK
扮乞丐
不予置評
彈吉他 還可以
唱K
不OK
釣魚OK
但不是喜歡
陶藝
喜歡!!!
以後一定再來!

臉上禁不住流露笑容的她，一時忘了看路，不小心撞到一個路經的婆婆。

「對不起呀。」

「不要緊……美女笑那麼開心，是中樂透嗎？」

「是比中樂透更開心的事。」她開懷地笑說。

此時，她正要步入廁所，卻聽到外面有些奇怪的聲音。

她走向聲音的來源……

如果當時我……現在可能就不會……

這句話永遠都適用於人，因為這是後悔的心態。

人，最容易後悔。

正如我看見了她，還有另一個令我震驚的他。

「你……不是……？」

那個男人呆愣一下，暫停把刀割向被壓在他身下的女人。

他轉身過來。

「你不是……阿文嗎？專門幫人舉辦喪禮的……阿文。」

阿文脖子的青筋極為突出，脈搏顯而易見，握刀的虎口壓至泛白。

「你……是想殺死那個女生？」

他原本繃緊的手臂肌肉開始鬆弛下來，臉上表情由死灰變成木然。

「對。」

「為什麼……？」

「這是一種解脫。」

「解脫？」

「對世界來說，他們就是被歧視的一群，」他指著那智障女生說：「不能正常地工作、正常地談戀愛。從小到大，他們都受苦，被欺負、嘲笑！你明白他們有多苦嗎？這樣的人生根本沒有意義。」

「你怎能判斷他們的人生有沒有意義？」

「我知道！我非常清楚！我就是親眼見過太多！在我做社工的時候，就是專門幫助他們，你明白有多少宗案件令人心酸？」

阿文是直到女朋友死後，才放棄社工的工作。

「直到我意識到，要幫助他們，唯一的方法就是讓他們解脫，反正俗世也不會接納他們。」

他望著刀說：「妳知道嗎？他們的家人也不會追究太

多，反而會呼地鬆一口氣，因為他們也覺得是一種解脫……」

「我才不相信家人必定是這樣！你根本只是胡亂代入他們的家人。死了才是對他們家人的打擊！何況……你這樣對得起你的朋友嗎？」

「妳是指誰？」

「崔六雲。」

「六雲必定會明白我，因為他也是追求解脫的人，他根本就是覺得人生無意義，也不重任何情誼。」他抬起手，想把刀插進智障女生的胸口，卻被董喬伊及時推開。

「跑呀！快跑呀！」董喬伊大叫，那女生不停地點頭，起身就奔跑起來。

他想追，卻被董喬伊擋在面前：「不行！」

「六雲是一個感情細膩的人，只是不懂表達。可能連他也不知道，他想死的原因，最主要不是孤獨，而是想改變他父親死去的事實，找回爸爸，讓一切從頭開始。」

「他……跟你不一樣！」

「無所謂啦。」

他把刀狠狠地插進董喬伊的身體裡。

「拜託……我想回去改變一切！」

我在海裡吶喊著，拚命地呼叫，卻在海中沒有任何的聲音。

「給我回去的機會！」

沒有任何回應，只有不斷地下沉，終於，黑暗遮蓋一切畫面。

「咳……咳……」

沉到最低的時候，我卻浮上了水面。

吐出幾口海水，我才意識到這裡是渡命橋的河底。

「崔六雲。」

一道聲音在橋上呼喚我。

幾經辛苦，返回橋上，我看見一個老人站在橋的中段，他背後有一間類似日本街邊常見的手推車小店，就是像關東煮那些街邊攤。

小店四周掛滿一個個紅色的燈籠，還有燈籠未完成時的木框和紙，有些寫上姓名、有些則是空白。

他手上拿著印有我名字的燈籠。

「你是……神嗎？」猶豫半晌，我終於問。

嚴肅的他，忽然呵一聲笑出來：「當然不是啦，我是一個燈籠工匠。」他舉起手上的燈籠說：「這是你的燈籠，你終於得償所願，完成你一直以來的夢想。」

「你認識我？」

「當然認識，每一個人我都認識，而你是一棵麻煩的樹……」他指一指橋邊一棵棵的櫻花樹說：「你以為這些櫻花樹是什麼東西，就是你們的記憶呀。」

我跟他來到他的小店前，店內一片狼藉，桌上放滿一個個正在製作的燈籠。

「全都是你做的？」我好奇地問。

「當然！不然你以為這一切都是憑空變出來的嗎？」他表情誇張地說：「手就只有一雙，每日都有人會死，燈籠每日都有新的需求。」

「這樣說，每天都要新的燈籠？」

他指著燈籠的木框說：「當然，這個燈籠呀，是以木框為主幹，而這些木材不是來自別處，正是你們的樹。」

「當人死後，屬於他的樹便會停止生長。然後就是我的工作，把它砍下來，造成木框，再加上和紙，變成燈籠。死人就帶著他的燈籠，往安息地去。通往橋的過程中，他會透過燈籠的燈光，回帶看到自己的一生。」

「那豈不是有無限棵我的樹？」

「不要自大好不好，不是每一個時空都必然有你的存在。事實上……也只有兩個時空。」

「……我可以問你幾個問題嗎？」

「你不是已經在問了嗎？……隨便啦，你問吧。」

「人活著到底有什麼意義？製造這樣的災難……無辜地死去。」

他嘆一口氣說：「人總是愚笨的。為了復活一個人，亂用邪門迷信方法，讓無數的生命付出代價，因為人最缺的是『整體』的觀念，一即是全，全即是一。不知道傷害他人也等同傷害『人』這個群體，人人傷害人人，終有一日自己也會受害。」

「是，如此荒謬的人生，真的有意義？」

「但你也是人呀，總有一些像你們這樣的人去改變一點世界。我相信，總有一日人會改變這些悲慘的事，只是時候未到而已，放心吧。」他說。

也就是說，船難會改變？

「還有一個問題……為什麼我每次死，都沒有自己的燈籠……是因為我去錯時空嗎？」

「不會啦，所有的時空都是經這條橋到陰間，再分流到不同時間的陰間。」

「那為什麼每次都沒有我的燈籠？」

「你說呢？」他沒好氣地說。

「我不明白……」

「當然有人要求啦！」

「是誰？」

「你這個蠢蛋還不知道，許多年前，這裡有一個小女孩經過，她問：『人死後要砍屬於他的櫻花樹嗎？』然後我這樣回答她：

『當然……』

『可以不砍這棵櫻花樹嗎？』她輕輕摸著一棵樹說。

『為什麼？』我問。

『因為這個人很笨，又容易害怕受傷，需要長時間才會明白……大家其實很愛他…… 在這之前，他應該需要無限次機會。』

『我不能這樣呀，砍樹是我的工作。』

我怎麼說不，她都苦苦哀求，毫不退讓。

『代價就計算在將來的我身上吧。』

『可以嗎？任何空間的妳都可以？』

『可以。』她折下一根樹枝說：『希望他忘了這段記憶吧，少一點罪疚感。』」

「折斷？」

「啊！這不是我失職呀⋯⋯我有叫她不要。」

所以⋯⋯這是我記憶混亂的原因？

「也只有一次，我不小心弄錯你的燈籠⋯⋯不過已經馬上補救，唉，不容易做呀這份工作。」

「不過⋯⋯現在已經解決一切。你也得償所願了吧。」他把燈籠遞給我。

我呆愣半晌，尷尬地開口說：「我⋯⋯可不可以不要。」

「什麼？這不是你一直以來的願望嗎？」

「現在我有其他更想做的事⋯⋯」我低頭說：「可不可以⋯⋯」

「不可以！我明白你想幹什麼！你想回去另一個世界救她。但每一個人都這樣，豈不是世界大亂嗎？」

「拜託你！真的不可以嗎？」我跪在地上說。

「你跪也沒有用，難道以為我對著你們數十年有感情，就可以胡作非為嗎？」

「……」

他輕哼一聲，把燈籠塞在我的手上。

看來，這個要求也是太強人所難。

「慢點走，小心一點啦。」

「謝謝你……」

我拿著燈籠，穿越這道橋，走著走著，才發現手上的燈籠……不知何時變成一個四方形的白色燈籠，上面沒有我的名字，反而是一句詩：

「無可奈何花落去，似曾相識燕歸來。」

我轉頭望向後面，他已經不在。

※ ※ ※

謝謝你。

離島的夜晚，沒有市區的光污染，夜空的星星顯得耀眼。

董喬伊正一邊走著，一邊望著筆記本。

臉上禁不住流露笑容的她，一時忘了看路，不小心撞到一個路經的婆婆。

「對不起呀。」

「不要緊……美女笑那麼開心，是中樂透嗎？」

「比中樂透更開心的事。」她開懷地笑說。

此時，她正要步入廁所，卻聽到外面有些奇怪的聲音。

她走向聲音的來源，吃驚地問：

「你不是……阿文嗎？專門幫人舉辦喪禮的……阿文。」

阿文脖子的青筋極為突出，脈搏顯而易見，握刀的虎口壓至泛白。

「你……是想殺死那個女生？」

他原本繃緊的手臂肌肉開始鬆弛下來，臉上表情由死灰變成木然。

「對。」

「為什麼……？」

「這是一種解脫。」

「解脫？」

「對世界來說，他們就是被歧視的一群，」他指著那智障女生說：「不能正常地工作、正常地談戀愛。從小到大，他們都受苦，被欺負、嘲笑！你明白他們有多苦嗎？這樣的人生根本沒有意義。要幫助他們，唯一的方法就是讓他們解脫，反正俗世也不會接納他們。」

他望著刀說：「妳知道嗎？他們的家人也不會追究太多，反而會呼地鬆一口氣，因為他們也覺得是一種解脫……」

「我才不相信家人必定是這樣！你根本只是胡亂代入他們的家人。死了才是對他們家人的打擊！何況……你這樣對得起你的朋友嗎？」

「妳是指誰？」

「崔六雲。」

「六雲必定會明白我，因為他也是追求解脫的人，他根本就是覺得人生無意義，也不重任何情誼。」

「跑呀！快跑呀！」董喬伊大叫，那女生不停地點頭，起身就奔跑起來。

他想追，卻被董喬伊擋在他面前：「不行！」

「六雲是一個感情細膩的人，只是不懂表達。可能連他也不知道，他想死的原因，最主要不是孤獨，而是想改變他父親死去的事實，找回爸爸，讓一切從頭開始。」

「他……跟你不一樣！」

「無所謂啦。」

他把刀狠狠地插進董喬伊的身體之前，我剛好及時抓住刀。

血一滴滴從我的手流到地上。

「對不起呀阿文……這次你猜錯了，我真的不能理解你。」

「什麼……你何時……」他詫異地問：「你……」

「我們不是上帝，不能替誰判決他的人生是否有價值，也不能因為有問題出現，反而解決被害者還美其名作解脫。」

「你……」他想抽回刀，卻是被我硬生生壓下。

「蝴蝶即使色盲，牠仍是快樂地活呀。何況你只是美化復仇。」

車禍意外撞死他女朋友的，正是一個身障人士。

「啊！！！」

「對不起。」我把他壓在地上。

警察在接到報案後，不出一會就來到把他押走。

「你永遠是我的朋友呀。」我說。

他沒有回話，也沒有回頭，就直接上了警車。

我相信他只是一時走不出陰影，終有一日會改變的。

警車的聲音逐漸遠離。

「你受傷了，手套也破了。」董喬伊擔心道。

「對呀，放心，皮外傷而已，不太嚴重。」我脫下手套說。

她拿出紙巾包著我的傷口。

「你怎會剛好過來？」

「因為……我終於知道自己的使命是什麼了。」

「使命……那是什麼？」她失笑地問。

「就是來救妳。」

「你怎麼忽然變得奇怪？」她笑說。

「不是忽然，是已經花了一段長時間，我才明白。」

我攤開手問：「跟妳借那本『崔六雲的求生筆記本』。」

她疑惑地交出，我也拿出自己的求死筆記。

上面寫著無數的死法：白血病、高處墜落、中毒、缺氧、中風……

我再加上一項：董喬伊。

「喂！你在胡亂寫什麼呀？」

我沒有說話，再在她的求生筆記上修改一下，然後還給她。

「你到底在寫什麼呀？」

她打開一看：

釣蝦 OK
跑山 OK
騎單車 可以
潛水 OK
滑翔傘 OK
看老電影 OK
去迪士尼樂園 OK
健身 OK
扮乞丐 OK
彈吉他 可以
唱K OK
釣魚 OK
陶藝 OK
董喬伊 最喜歡

「只要有妳在，上面的一切我都會覺得 OK。」

我脫下另一隻手的手套。

她問：「你……不戴也沒關係嗎？」

「嗯，沒關係了……」我牽著她的手說：「因為我已經找到我最後一位客人了。」

她緊閉雙唇想掩飾自己的笑容：「咳……誰說你可以牽我的？」

「上一世的妳呀，說無論何時，都要牽妳的手。」

「我不記得了。」她雙眼一溜，頑皮地說。

「沒關係，妳有一輩子的時間去記呀。」我上前緊緊擁著她，臉慢慢地貼近。

「我的最後一位客人，謝謝妳。」

執子之手，與子偕老。

執子之手，與子偕葬。

※ ※ ※

君 がいるから 生い きていけるから！

因為有你，我才有活下去的動力！

だからいつも そばにいてよ「愛 し い 君 へ」最後の 一秒まで

所以無論如何，請陪在我身邊，「給親愛的你」，直到最後一秒。

明日、今日より 笑顔になれる 君がいるだけで そう 思えるから

明天，會比今天更加笑逐顏開，

只因為有你的存在，我就能這樣相信。

何十年 何百年 何千年 時を 超 えよう 君を 愛してる

無論是幾十年、幾百年，還是幾千年，

跨越時空，我都愛著你。

書。寫　9

我是出租陪葬師

我是出租陪葬師 / 西樓月如鉤作. --
初版. -- 臺北市：春天出版國際文化股份有限公司
2025.09
面；　公分. -- (書.寫；9)
ISBN 978-626-7735-41-1 (平裝)

863.57　　114009099

ISBN 978-626-7735-41-1
Printed in Taiwan

作　者　西樓月如鉤
總編輯　莊宜勳
主　編　鍾靈
版面設計　克里斯
排　版　三石設計

出版者　春天出版國際文化股份有限公司
地　址　台北市信義路四段458號3樓
電　話　02-7718-0898
傳　眞　02-7718-2388
E-mail　story@bookspring.com.tw
網　址　http://www.bookspring.com.tw
部落格　http://blog.pixnet.net/bookspring
郵政帳號　19705538
戶　名　春天出版國際文化股份有限公司
出版日期　二〇二五年九月初版

定　價　370元

總經銷　楨德圖書事業有限公司
地　址　新北市新店區寶興路45巷6弄6號5樓
電　話　02-8919-3186
傳　眞　02-8914-5524